정미영 산문집

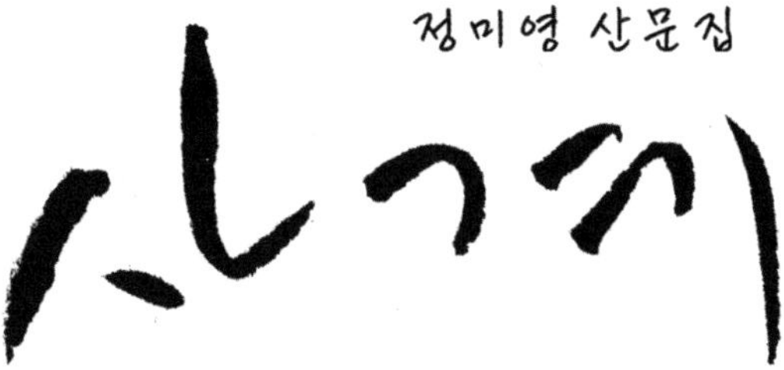

작가의 말

오늘 아침, 햇살이 나뭇가지에 살짝 걸터앉았습니다. 그 모습을 한참 동안 들여다보다가 시간의 눈금을 문득 헤아려봅니다. 한 계절이 끝나고 다른 계절이 시작될 무렵인 간절기입니다. 계절은 기다리지 않아도 어김없이 순환되어 찾아와서는 내 마음의 호수에 윤슬을 일으킵니다.

크로노스Cronos는 모두에게 주어지는 절대적인 시간입니다. 1초, 1분, 1시간, 어떤 환경에 의해 바뀔 수 없는 물리적인 시간이죠. 우리네 삶은 이런 객관적인 시간 개념 속에 살고 있습니다. 반면에 카이로스kairos는 개인에게 부여되는 상대적인 시간입니다. 하루가 24시간이지만 사람마다 그 시간에 대해 다른 의미를 부여하는 주관적인 시간이에요. 절대적인 시간은 바꿀 수 없습니다. 그러나 매 순간 삶의 가치와 의미를 부여한다면, 저의 인생은 조금이나마 풍성해질 것이라 믿습니다.

시간, 계절, 두 낱말을 되뇌다 보니, 어느새 비발디의 바이올린 협주곡 「사계」를 틀게 됩니다. 연주를 듣는 동안 제 머릿속에는 여러 이미지가 떠오릅니다. 「사계」에는 계절의 변화가 음音으로 잘 묘사되어 있어, 풍경화를 그리듯 이미지를 떠올리기가 쉽습니다. 현상들이 마음속에서 재생되는 횟수가 많아질수록 울림의 파동도 빈번합니다.

제 삶의 궤적을 더듬어 봅니다. 시간과 노력을 일관되게 쏟은 것이 글쓰기였습니다. 수필가로서 살아온 정체성이, 비발디의 「사계」처럼 독자인 당신에게 감동을 드리면 좋겠습니다. 그래서 당신의 봄 여름 가을 겨울, 반짝이는 언저리에 머무를 수만 있다면, 저의 카이로스는 축복으로 가득찰 것입니다.

당신에게만은, 의미 있는 책이고 싶습니다.

2023년 10월

정미영

봄

–

삶, 빗장을 열고 거닐다

여 름

–

사 랑 , 흘 러 서 깃 들 다

가 을

–

추 억 , 느 낌 표 로 머 물 다

겨 울

–

존 재 , 닿 아 서 스 며 들 다

삶, 빗장을 열고 거닐다

매화등이 빛나 보이는 이유

이른 봄, 매화 꽃바람 소리의 여리고 긴 여음을 좇아 도산서원으로 향했다. 산책로에 홀로 서 있는 매화나무가 나를 먼저 반겼다. 꽃봉오리가 터지는 그 절정의 순간을 돕기 위해 햇살과 바람이 연이어 두드렸다. 나는 줄탁동시啐啄同時의 시간을 가만히 숨죽이며 지켜보았다.

매화원으로 들어섰다. 퇴계가 작고하기 전까지 그의 마음을 사로잡았던 것은 매화였다. 도산매陶山梅는 지금도 뜰에서 고고한 자태를 뽐내고 있었다. 매화의 매력은 맑고 그윽한 꽃향기다. 암향暗香으로 불리는 향기는 '귀로 듣는 향기'라고도 부른다. 어디선가 떨어지는 바늘 소리를 들을 수 있을 정도로 마음이 고요해야만 비로소 향기를 느낄 수 있다는 것이다. 그런 연유로 매화나무 앞에 섰을 때, 나는 맑은 정신을 유지하기 위해 마음을 차분히 가라앉혔다.

퇴계의 매화 사랑은 유명했다. "매화분에 물을 주어라."라고 제자에게 말한 후에 임종했다는 일화는 세상에 많이 회자되고 있다. 방 안에서 매화를 마주보고 앉아 매형梅兄이라 부르며 밤새 잔을 주고받고, 취기에 젖어 많은 시를 읊기도 했다. 퇴계가 거닐었던 발자취를 가늠해 보며 나도 매화나무 언저리를 서성였다.

전사청을 지나 선생의 유품을 보관하고 있는 옥진각에 들렀다. 유물관에서 매화를 투각透刻한 청자 의자 매화등梅花凳을 보았다. 청자로 빚은 의자의 둥근 몸체에 당초무늬와 연꽃무늬가 정교하고 화려하게 새겨져 있었다. 청자 의자가 뜻밖이라고 생각하던 찰나에 '도산'이란 지명 유래가 떠올랐다. 조선 시대, 도산서원이 있던 이곳에는 옹기를 굽던 가마가 있었다. 옹기 굽는 산이라 해서 질그릇 도陶, 뫼 산山을 써서 도산이라 부르는데, 혹시 그 가마에서 매화등이 만들어지지 않았을까, 혼자 상상해 보았다.

매화등을 바라보다가, 세상에 존재하는 다양한 의자를 떠올려 보았다. 의자라는 이름으로 엮이지만 모양과 쓰임새가 다르다. 식탁 의자는 자리를 많이 차지하지 않도록 식탁 아래에 넣을 수 있게 만들고, 피아노 의자는 몸을 움직이면서 피아노를 칠 수 있게 등받이나 팔걸이가 없다.

의자는 우리네 삶과 닮았다. 의자마다 색깔이나 푹신한 정도가 다른 것처럼 사람 또한 생김새나 개성이 저마다 다르다. 의자가 제 몫의 맞춤자리에 놓여 쓰임새에 알맞게 지내는 것처럼, 우리도 자기 역량에 알맞은 자리를 찾아 살아간다면 얼마나 좋을까?

청년 실업자가 늘고 있다. 학교를 졸업하고도 직장을 갖지 못해 지치고 힘들어한다. 젊은이들이 자기 몫의 인생을 살고 싶어도 마땅한 직업을 찾지 못해 번민과 고뇌로 하얗게 밤을 지새운다. 안타까운 현실이다.

그러나 세상에 존재하는 것들은 분명 저마다 쓰임새가 있다. 시간이 더디더라도 실망하지 말고, 자신의 적성에 맞고 재능을 발휘할 수 있는 맞춤자리를 찾았으면 좋겠다. 그러면 저마다 각자 자리에서 빛나 보이고, 남과 다른 삶의 존재 방식을 존중받을 수 있으리라.

매화등은 퇴계가 거처했던 방인 완락재玩樂齋에서 제 몫을 다했다. 퇴계가 매화를 감상하기 위해 특별히 고안해 만든 것으로 날씨가 추울 때에는 의자 밑에 불을 피웠다. 매화등이 따뜻해지면 그 위에 앉아 매화를 바라봤단다. 매화등이 빛나 보이는 것은 매화를 사랑했던 퇴계의 내력을 담고 있기 때문일지도 모른다.

매화등처럼 내 몫의 자리에서 삶의 의미를 남기고 싶다.

당신에게 말 걸기

정여울 작가는 『빈센트 나의 빈센트』에서 고흐의 열정을 닮은 대상은 해바라기, 고독을 닮은 오브제는 사이프러스가 아닐까, 라고 말했습니다. 사이프러스는 프로방스 지방에 지천으로 널려 있는 나무로 특별하지는 않지만 고흐의 붓끝에서 새로운 생명을 얻었다고 했지요.
이처럼 사물에게 사유의 이미지를 확장하는 일은 자신의 경험과 가치관에서 나오는 경우가 많습니다.
당신은 어떤 사물과 자신을 비유하고 싶나요?

노거수 그늘 아래

새벽바람의 기척으로 돋을볕이 숲속에 스며드는 시간이다. 자연과 사람을 잇는 노거수 숲을 걷기 위해 포항 연일 중명 원골숲으로 들어선다. 중명2리는 고려 말 공민왕 때 문정공 설곡 정사도 선생이 많은 유생을 가르쳤던 곳이고, 서원이 세워졌었기에 원골 또는 원동이라 불려왔다. 주변에는 학자수學者樹들이 마을을 수호하며 늘어서 있기에 원골숲이라 불리고 있는데, 예전에는 서당 또는 향교가 있었던 곳이나 선비가 살았던 곳에 학자수를 심었다고 한다.

노거수 우듬지를 비추는 햇살 한 점에 눈이 부시다. 고요히 나뭇가지에 앉아 있는 한 마리 새처럼 삶의 아포리즘을 받아쓰고 있는 스스로를 발견한다. 마을 숲에는 보호수로 지정된 400년 된 회화나무 일곱 그루와 말채나무를 비롯해 팽나무, 느티나무 등속의 노거수가 많이 있다. 아름드리나무 숲길 위에 잠시 멈춰 서 있으니 한줄기 바람이 훑고 지나간다. 숲을 흔드는 시원한 바람이 달다.

노거수 아래에서 위를 쳐다보면 수많은 잎이 사연을 매달고 있는 듯하다. 나는 나뭇잎 속에 담겨 있는 씨줄날줄 설피창이로 엮였던 이야기를 열심히 정독한다. 그늘에 앉아 땀을 식히며 소중한 자식을 기다리던 늙으신 부모님의 그리움을, 사랑하는 이를 떠나보내야 했던 누군가의 아픔까지, 나무는 화석처럼 온전히 기억하며 나뭇잎으로 피워내는 것 같다.

세상에 존재하는 모든 것들은 공존의 이유가 있을 터이다. 자연의 윤회 속에서 나무와 사람이 서로 이웃하여 안부를 묻고 있는 곳이 원골숲이다. 노거수의 몸피가 야위면 사람이 막걸리 몇 사발을 부어 주며 원기를 북돋우고, 사람의 몸과 마음이 허기지면 나무가 치유의 기운을 내뿜어 주는 곳이 여기다. 가끔은 나무가 사람에게, 가끔은 사람이 나무에게, 서로 의지해 묵묵히 자기 자리를 지키고 있는 듯하다.

바람의 지문이 선명하게 찍혀 있는 노거수 사이를 걸으며 생각의 깃을 세운다. 나직이 두런거리는 나무의 문장들을 음미하다 보니, 어느새 마을 정자 앞이다. 나무 그늘 아래에서 어르신들이 한가로이 담소를 나누고 있다. 수령이 많은 나무와 연세가 지긋한 노인의 모습에서 닮은 듯, 연륜이 묻어나는 것처럼 보인다. 그들의 주름진 나이테에서 지나온 세월의 흔적을 가늠해 본다. 나무의 내력을 알고 있는 그분들 곁에서 600년 된 회화나무가 쉬나무를 의지해 살고 있다는 말을 듣는다. 과거에 선비들이 이사 갈 때에 회화나무와 쉬나무의 씨앗을 가지고 갔다고 한다.

회화나무는 바른 정신의 고고한 선비를 의미하기에 정신수양을 위해 챙겼고, 쉬나무는 등유목燈油木이라 하여 열매를 따서 등잔불을 밝히는 기름으로 만들어 썼기에 챙겼단다.

쉬나무는 이용후생利用厚生을 목적으로 하는 실학實學의 상징처럼 느껴진다. 쉬나무기름은 석유가 들어오기 전까지 등잔 심지를 태워 캄캄한 밤을 밝히고 생활을 편리하게 해주었을 뿐만 아니라, 타오르는 등잔 불빛은 바라보는 이의 마음까지 훈훈하게 데워주었다.

마을에서 가장 오래되었다는 회화나무를 바라본다. 한국전쟁 이후 어느 해, 개구쟁이들이 나무의 동공洞空 속에 들어가 놀면서 불장난을 했다고 한다. 이 나무 옆에 쌓아두었던 콩더미에 불이 옮겨 붙는 바람에 화력이 더해져 상당 부분 소실되었다. 회화나무는 몸통이 불에 데여 흉터가 남고 나뭇가지가 일그러졌지만, 쉬나무를 의지해 고난의 시간을 견뎠다.

살아남기 위한 선택이 아니다. 세상에 존재하려면 혼자 힘으로는 안 되고 근처 나무와 어깨를 겯고 있어야 된다는 공존의 이치를 터득했을 것이다. 그래야만 거센 폭풍우를 견딜 수 있고 눈보라를 피할 수 있다는 것을 체득했을 것 같다.

쉬나무는 해마다 수북하게 꽃을 피운다. 어쩌면 쉬나무는 회화나무가 상처를 딛고 봄마다 여린 잎을 피어내는 모습에 더욱 분발했을 수 있다. 그 덕분에 꽃 무더기 사이로 꿀벌들이 날아다닌다. 쉬나무는 여름에 향기롭게 꽃을 피워 꿀을 듬뿍 담고 있는 밀원수종이다. 다른 수종의 나무뿐만 아니라 자신을 찾는 생명들에게도 의미 있는 존재라고 생각하니 소중하다.

저마다 인생을 살아가는 자세가 다르다. 하지만 나와 인연을 맺는 이들에게 쉬나무처럼 도움을 주는 의미 깊은 삶을 살아도 좋을 성싶다. 노거수의 너그러운 성품이 내게 옮겨와 내 마음을 가득 물들이면 무채색으로 살아가는 것보다 세상이 훨씬 곱게 보일 거라며, 나보다 생을 오래 건너온 나무가 나를 위해 덕담 한 마디 따스하게 건네준다.

노거수의 숨결이 헤아릴 수 없는 깊은 음률로 내 마음을 품어 준다. 나는 메마른 일상이 반복되어 간신히 버틸 때 지금처럼 노거수 앞에 두 팔 벌려 우두커니 서 있을 것이다. 소멸되지 않는 나무 영혼을 끊임없이 불러내 치유라는 이름으로 불러주면 아마 내 마음은 편안해지겠지.

나는 지금, 노거수 그늘 아래에서 공존이라는 두 글자를 내 마음에 돋을새김하고 있다.

당신에게 말 걸기

이름을 알면 이웃이 되고
색깔을 알면 친구가 되고
모양까지 알고 나면 연인이 된다.

- 나태주, 「풀꽃 2」 중에서

당신의 마음이 온통 무채색이라면 당신에게 빛을 주는 존재는 무엇이며, 그것으로 인해 어떤 색깔이 입혀질까요?

민 들 레 향 기 를 닮 은 추 억

민들레 꽃물이 내 마음자락을 물들인다. 오늘 아침, 모처럼 찾은 상옥 참느리마을 등산길에 민들레가 꽃등불을 환히 밝히고 있다. 몇몇은 찻잔인양 이슬을 머금고 찾는 이를 반긴다.

민들레는 할머니와 나의 추억이 담긴 꽃이다. 사물은 사연이 담기는 순간 누군가에게 특별한 의미가 된다. 그런 연유로 해마다 나의 봄은 민들레 노란 꽃이 필 무렵부터 시작된다. 민들레꽃을 보아야 마음에서 진정한 봄을 받아들인다.

돌아가신 할머니는 봄날 입맛이 없을 때 뒷산을 찾아갔다. 민들레로 밥상을 차리기 위해서였다. 민들레를 캐고 난 뒤, 집에 돌아와서 민들레 밥과 민들레된장국, 민들레김치를 상 위에 정성스럽게 올렸다. 된장국을 숟가락 가득 떠 입안에 넣으면 민들레 특유의 은은한 향이 온몸으로 퍼졌다. 쌉싸름한 맛이 일품이었다.

봄비 그친 어느 날이었다. 비 온 뒤라 꽃향기가 더욱 짙고 새소리 또한 깊었다. 그날도 할머니는 양지바른 산기슭과 밭둑 언저리에 피어난 민들레를 캐기 위해 나를 앞장 세웠다. 할머니는 호미로, 나는 숟가락으로, 줄기를 조심스레 잡은 뒤 뿌리를 캐서 흙 털기를 반복했다. 칡 바구니 가득 민들레를 캐고 나면 민들레 내음이 손가락 사이에 뱄다.

제법 시간이 흐른 뒤였다. 허리가 아프고 어깨가 뻐근해서 둥글게 말고 있던 등을 펴 고개를 들었다. 할머니는 붙박이처럼 제자리에서 민들레를 바라보고 있었다. 할머니는 내 시선을 느끼고는 나에게 민들레처럼 살고 싶다는 말을 했다. 생명력이 강한 민들레가 좋다면서. 민들레는 아무데서나 싹이 잘 트고 잘 자란다. 논바닥이 쩍쩍 갈라지는 가뭄에도, 먼지가 겹겹이 쌓이는 길바닥에도, 무심한 사람들에게 밟혀도 죽지 않는다. 씨앗들은 멀리까지 날아가 부지런하고 야무지게 살아간다.

할머니 역시 강했다. 일찍 남편을 여의고 혼자서 육 남매를 키웠다. 남편의 죽음을 받아들이지 못해 깊은 슬픔에 젖어 눈물을 흘리고 싶어도, 자식들을 위해 삭여야 할 때가 있었다. 삶이 주는 무게가 무거워 주저앉고 싶은 적도 많았다. 하지만 할머니는 남은 자식들만이라도 어떻게든 지키고 싶어 했기에 역경을 이겨나갔다.

그 당시 나는 부모형제와 떨어져 할머니와 단둘이 살았다. 부모님의 경제적 여건이 갈수록 나빠졌기에 함께 살 형편이 못 되었다. 할머니와 나는 한방에서 같이 자고 부대꼈기 때문에 서로 의지했다. 생활에 대한 막막함의 농도가 짙어질 때면 가끔 나를 붙잡고 말했다.

"영아, 할매는 민들레 씨앗처럼 훨훨 날고 싶데이."

민들레처럼 어디론가 날아가고자 꿈꾸던 할머니였다. 할머니의 말투에는 삶의 고단한 염원이 담겨 있었다.

민들레는 봄이 멀어질 무렵이면 바람에 몸을 싣고 멀리 여행을 떠난다. 바람에 자신을 맡기고는 낯선 땅이라도 마다하지 않고 그곳에서 싹을 틔운다. 할머니는 살면서 문득문득 자신을 가두는 책임감에서 벗어나고 싶었나 보다. 스스로 남편을 앞세운 죄인이라 가슴을 옭아매면서도, 때로는 정신적으로 자유롭고 싶었을 것이다. 남편의 부재가 주는 상실감이 가슴 속에서 똬리를 틀고 쉽게 수그러들지 않을 때마다 민들레를 떠올렸을 수도 있다. 어쩌면 진정한 삶이란 남이 아닌 스스로가 만든 굴레에서 자유롭게 벗어나고자 노력할 때 주어지는 것이리라.

세월은 할머니의 바람을 앗아갔다. 할머니 몸 군데군데 민들레 갓털처럼 버짐이 번졌다. 고달픈 생활 속에서 허리 한번 제대로 펴지 못하던 중에 치매 증상이 생겼다. 혹시나 할머니가 의도치 않은 돌발 행동을 하는 바람에 돌이킬 수 없는 사고로 이어질까봐 식구들은 할머니를 요양병원으로 모셨다. 할머니의 바람대로 자유롭게 떠도는 여행이 아니라, 병실이라는 갇힌 공간에서 벗어나지 못하고 투병하는 시간이 길어지는 것은 아닌지, 내 속은 새까맣게 타들어 갔다.

할머니가 돌아가시기 얼마 전이었다. 병원에 계신 할머니가 내 이름을 자주 부르며 찾는다는 말을 전해 들었다. 딸도 아니고 며느리도 아닌, 못난 손녀를 보고 싶어 한다는 말에 가슴이 내려앉으며 눈물이 쏟아졌다. 병원으로 발걸음을 재촉해 찾아갔더니, 할머니 눈이 짓물러 붙어 있었다. 억지로라도 두 눈을 벌려 내 모습을 보여드리고 싶었다. 하지만 약해질 대로 약해진 눈동자가 상처를 입을까봐, 그럴 수 없었다. 기운을 차려 나를 보라고 손을 맞잡아 흔들기도 하고 팔다리를 주물러도, 할머니의 눈은 떠지지 않았다. 주체할 수 없는 탄식만 연신 내 입에서 쏟아져 흘렀다.

할머니가 하루빨리 호전되기를 간절히 기도했다. 민들레의 재생력을 빌려서라도 할머니의 건강이 좋아져 얼른 자리에서 일어나기를 기원했다. 민들레는 뿌리를 열 토막으로 잘라 땅바닥에 던져두면 열 포기의 민들레가 돋아난다. 잘라진 민들레 뿌리에서 다시 새싹이 돋아난다. 그러나 내 바람은 끝끝내 부질이 없었다. 할머니는 그렇게 민들레 씨앗처럼 훨훨 날아 저 멀리 하늘로 떠나셨다.

나는 올해도 민들레 노란 꽃과 함께 봄을 시작한다. 오랫동안 그리워했던 할머니의 품이 민들레 안에 오롯이 담겨 있다. 민들레는 할머니에 대한 내 슬픔의 인자를 내포하고 있다. 먹먹한 기억과 다정한 추억 또한 담고 있다. 앙증맞게 피어난 민들레꽃이 나에게 환한 웃음을 지어 보인다. 민들레 향기를 닮은 추억이 바람결에 실려 온다. 민들레가 할머니로 변신하여 자유가 되고 희망이 되어 바람결에 변주된다. 손을 뻗어 가만히 꽃잎을 쓰다듬으니, 봄과 이어진 연결 매듭 하나가 내 손에 쥐어진다.

당신에게 말 걸기

소설가 김영하는 여행 산문집 『오래 준비해온 대답』에서 시칠리아의 시라쿠사와 타오르미나에 있는 그리스식 노천극장의 퇴색한 석회암계단에 앉아 저 멀리 희붐하게 빛나는 지중해의 수평선을 보며 열아홉 살 봄에 경험했던 찬란한 행복을 회상했다고 적었다.

> 모두 같은 색의 티셔츠를 입고 손을 높이 쳐든 채 '젊었다'를 부르던 그날을. 그럴 때 여행은 낯선 곳으로 떠나는 갈 데 모를 방랑이 아니라 어두운 병 속에 가라앉아 있는 과거의 빛나는 편린들과 마주하는, 고고학적 탐사, 내면으로의 항해가 된다면서.

봄의 길목에서, 당신 곁을 스쳐 지나간 장면이나 당신이 눈여겨보았다가 어루만지고 싶었던 추억을 적어 보세요.

소못 소랑햄수다

소못 소랑햄수다.

제주도 동백나무 수목원인 카멜리아힐에서 장식용 족자에 쓰인 문구를 본다. 정말 사랑합니다, 라는 뜻의 제주도 방언이란다. 나는 곧장 동백나무 꽃말을 떠올려본다. '누구보다 당신을 사랑합니다.' 역시 필연성 높은 소품이군! 수목원 관리자가 숨겨 놓은 퀴즈를 나 혼자 맞힌 것처럼 나무 사이를 걷는 내내 뿌듯해한다. 하지만 그것도 잠시, 꽃향기를 따라 친구의 애틋했던 첫사랑이 떠올라 내 마음이 어지럽다.

친구는 지독한 몸살을 앓았다. 그러나 상대는 누군가를 사랑할 준비가 되어 있지 않다고 했다. 마음의 여유가 없어 사랑은 사치라고 했다. 그래도 친구는 멈추지 않고 가슴앓이를 했다. 슬픈 시만 골라 읽고 가슴

먹먹해지는 노래만 들었다. 떨어지는 꽃잎에도 눈물을 흘리며 자신의 사랑을 떠올렸다.

어느 날, 가느다란 손가락을 잘근 씹으며 선운사 동백꽃을 봐야겠다고 했다. 발끝을 내려다보는 속눈썹이 파르르 떨렸다. 그러더니 무릎을 세우고는 얼굴을 묻고 소리 내어 엉엉 울었다. 그냥 그렇게 내버려 두었다. 친구의 작은 몸집 어디에 그토록 많은 눈물이 숨어 있었는지, 누군가를 그리워한다는 것이 큰 슬픔인 줄 그때 처음 알았다.

시나브로 잊히는 듯했다. 하지만 동백꽃이 질 때쯤, 친구는 다시 선운사에 가고 싶다고 했다. 저러다 자그만 몸이 형체도 없이 삭아 내릴 것만 같아 지켜보는 내가 조바심이 났다. 어쩌면 선운사에 가서 동백꽃을 실컷 보고 난 충족감으로 공허한 가슴을 가득 채우고 나면 힘든 사랑을 완벽하게 잊어버리지 않을까.

우리는 기어이 고창 선운사로 가는 버스에 몸을 실었다. 차 안에서 우리 둘은 침묵했다. 겨우 버티고 있는 친구에게 내가 위로의 말을 건네는 것이 오히려 그녀를 힘들게 할 것 같아 어색한 분위기에도 참았다. 그 대신 이어폰을 한쪽씩 나눠 끼고 송창식의 「선운사」에 몰입했다.

떨어지는 꽃송이가 내 맘처럼 하도 슬퍼서 당신은 그만, 당신은 그만, 못 떠나실 거예요.

가던 길에 갑자기 비가 흩뿌렸다. 내리는 빗소리가 내 마음을 착잡하게 했다. 꽃이 또 떨어지겠구나, 괜스레 안타까웠다. 맑은 날 붉게 벙근

꽃봉오리를 보는 것이 훨씬 좋을 텐데. 노랫말처럼 바람 불어 설운 것보다 비가 와서 더 설운 날이 되면 어쩌나 애가 탔다. 내 근심을 모르는 비바람이 가슴속을 휘휘 젓고 다녔다.

다행히 도착할 즈음에 비가 그쳤다. 멋스러운 선운산의 풍경에 잠시 발걸음을 멈추고 심호흡을 했다. 선운사 입구에서부터 절 뒤쪽 산자락까지 3천 그루의 동백나무가 빽빽이 들어서 있었다. 나는 친구가 부디 동백나무 줄기 사이에 자신의 아픈 사랑을 내려놓고 마음이 홀가분해지기를 진심으로 바랐다.

친구는 꽃을 똑바로 쳐다보지 못했다. 그토록 간절히 원해 찾아왔지만 막상 보려니 두렵단다. 한 자락 남아 있던 그리움이 바람에 낱낱이 흩날려 사라질까봐 무섭다고 했다. 친구의 몸속 깊은 곳에 고여 있던 그리움이 흔들리고 있었다.

나뭇가지에서 막 떨어지는 꽃송이가 있었다. 꽃의 추락이었다. 꽃잎이 한 장씩 떨어지지 않고, 꽃봉오리째 툭 떨어져서 슬프게 느껴졌다. 내 눈에는 꽃이 질 때가 되어서 떨어지는 것이 아니고, 가장 화려할 때 떨어지는 것 같아 더욱 애절해 보였다.

친구의 사랑도 왠지 동백꽃을 닮은 듯했다. 피었다가 떨어지는 꽃처럼 뜨겁게 달아올랐다가 식어간 첫사랑이었다. 그녀의 나이 스물, 빛나게 푸르러야 할 사랑이 서서히 이울고 있었다.

동백꽃 화가로 유명한 강종열 화백의 그림 속을 노닐 듯 까멜리아힐을 걷다가, 머리 위로 떨어지는 꽃잎에 고개를 든다. 꽃자리를 손끝으로 매만지면서 문득 생각해 본다. 꽃이 져야 열매를 맺듯, 기쁜 사랑이나 아픈 사랑을 경험한 후에 내적 성숙을 이루는 것이 우리네 인생사라는 것을. 그러니 친구든, 가족이든, 내 주위의 사람들에게 사랑을 나눠주는 일에 인색하지 않아야겠다.

소.못.소.랑.햄.수.다.

당신에게 말 걸기

추억은 노래를 동반할 때 의미가 더욱 짙어지는 경우가 많습니다. 초등학교 때 수업의 시작과 마침을 알려주었던 베토벤의 「엘리제를 위하여」, 중학교 영어 시간에 배웠던 비틀즈의 「예스터데이」를 흥얼거리면, 그 시절 친구들의 모습이 그리워집니다.
지금 이 순간, 당신의 마음속에 떠오르는 그 사람과 관련된 노래가 있나요?

인 연 을 짓 다

벚나무 꽃자리마다 초록빛이 시詩처럼 흩날리는 봄날이다. 나는 도서관을 향해 경쾌하게 발걸음을 옮긴다. 강의실로 들어가기 전에 책과 먼저 눈인사를 나눈다. 정갈하게 정리된 서가 사이를 오가며 서너 권의 책을 꺼내 들면, 작가의 소중한 글을 제각각의 공법으로 알차게 꾸민 출판사의 노력이 표지부터 물씬 전해진다.

책을 펼치면 주옥같은 언어의 황홀경이 펼쳐진다. 인생의 세밀한 구석들을 명증하게 들추어내는 책을 들여다볼 때면, 수필을 쓰는 나로서는 자극을 받을 때가 많다. 나도 우리네 인생사를 솔직하고 담백하게, 깊은 울림을 주는 문체를 사용해 진솔한 작품을 창작하고 싶다는 열망에 사로잡힌다. 내 수필 속 청신한 문장들이 독자들의 마음속으로 날아가 선명하게 양각되어 빛나면 좋으련만.

독서는 삶을 변화시키는 분수령이다. 행간에 숨어 있는 의미를 찾아 여유로운 마음을 가지고 자분자분 문장을 음미하다 보면, 머리부터 발끝까지 온전히 책에 몰입하게 된다. 독서 삼매경에 빠지는 순간은 오롯이 자신에게 집중하는 창조의 시간이 되는 것이다. 책을 통해 치유받기도 하고 살아가는 힘을 얻는 소중한 경험을 할 수 있다.

책에서 얻은 순도 높은 깨달음을 공유하는 데에는 독서 모임이 제격이다. 나는 인문학 강사로 활동하고 있는 덕분에 회원분들과 어우렁더우렁 '책 수다'를 떨고 있다. 같은 책을 읽고 다양한 공감대를 형성한다는 것은 얼마나 감사한 일인가!

만약 네가 오후 네 시에 온다면 난 세 시부터 행복해지기 시작할 거야. 그리고 시간이 지날수록 더욱더 행복해질 거야.

생텍쥐페리의 『어린 왕자』 속 문장을 빌려 독서회를 기다리는 내 설레는 마음을 표현해 본다. 우리는 책이라는 연결고리로 만나 저마다 가슴속에 품고 있는 문장과 생각을 펼쳐 보인다. 여러 분야의 책을 읽으며 등장인물의 입장이 되어 보기도 하고, 작가가 살았던 시대를 이해하고자 머리를 맞대기도 한다. 책 향기를 맡으며 우리들 내면이 성숙해지기를 바랄 때도 있다.

책은 타인과 소통하는 문이다. 앞만 보고 달리는 내 생활을 잠시 멈추고, 문을 활짝 열어 내 주위를 따뜻한 마음으로 돌아보게 만든다. 그런

뜻에서 독서회에 참여하는 분들은 이미 타인과 소통하고 있다. 회원들은 서로의 고민과 아픔을 말하며 고단한 등을 토닥여 주고는 함께 눈물 흘릴 때가 있다. 삶의 깔딱고개를 넘어오느라 숨이 찬 것을 잠시 내려놓기도 하고, 자녀와의 부대낌 속에서 겪는 속상함을 이야기하면서 치유받기도 한다. 시나브로 우리는 책을 통해 기꺼이 동반자가 되기를 주저하지 않는다.

나는 독서회에서 많은 도움을 받는다. 얼마 전, 회원 한 분이 내게 책을 선물해 주셨다. 그녀는 사람들에게 받은 속상함을 극복하기 위해 여러 심리 책을 섭렵하고 있는 중이라며, 자신의 마음을 옭아매고 있는 상처를 보듬기 위해 이 책을 골랐다고 했다. 책을 읽는 동안 위로를 받았다며 내게도 도움이 될 것 같단다. 그녀의 마음이 전해져 내 가슴이 촉촉하게 젖어들었다.

독서회는 꿈 씨앗이 영글어 가는 곳이다. 좋은 책은 꿈을 잃고 현실을 살아가야 하는 사람들에게 꿈을 되돌려 주거나, 혹은 꿈을 잃어버린 채 절망의 늪에 빠져 있는 타인에 대한 이해를 넓힘으로써 세상을 보다 넓은 시각으로 볼 수 있게 해준다. 책의 긍정적인 기운을 받아 자신만의 꿈 씨앗을 싹 틔우고 튼실하게 자랄 수 있도록 마음을 다잡는다.

회원들은 품이 넉넉한 탓에 누구라도 환영한다. 책을 읽고자 하는 목적이 있어 찾아왔든, 사람이 그리워 찾아왔든, 항상 밝게 '손 내밈'을 한다. 독서회는 왜 질리지도 않고, 계속 참여하고 싶고, 옆에 영원토록 붙잡고 싶은 것일까. 우리 회원들이 샘물처럼 마르지 않는 희망의 언어를 책 속에서 찾아내어 정신적으로 풍요로워지기를 곡진하게 기원해본다.

당신에게 말 걸기

로마의 뛰어난 정치가이자 장군인 카이사르는 사람의 마음을 얻는데 탁월한 재주가 있었다고 합니다.
당신의 마음 한 자락을 얻어간 소중한 사람이 곁에 있으신가요?

세상과 이어진 연결고리 하나

여우비가 그친 오후, 양산 영취산을 오른다. 빗물로 말갛게 세수한 소나무가 푸름을 뽐낸다. 줄기에 붙은 잎사귀들이 소나무 잎과 달라 보여 가까이 다가가니 일엽초다. 일엽초는 부드럽고 수분이 많은 고목에 뿌리를 내려 싹을 낸다. 그래서 다른 식물들과 양분이나 물을 차지하기 위해 경쟁할 필요가 없다. 생활에 필요한 것을 직접 구하지 않고 상대에게 의지하는 모습이 어찌 보면 야속하다.

아버님은 일엽초처럼 어머님께 의지해 살았다. 물을 마실 때나 양말을 신을 때도 어머님을 찾았고 집안일이나 가정 경제도 어머님께 내맡겼다. 궁여지책으로 음식 솜씨 좋았던 어머님이 작은 반찬 가게를 해서 겨우 생활을 이어갔다. 어머님이 식구들을 건사하느라 힘겹게 살아가는 동안, 아버님은 꼿꼿하게 허리를 편 채 마을 일에만 신경을 썼다. 어머님이 새벽부터 발을 동동 구르며 입술과 발가락이 부르트게 애써 장사를 할 때도, 아버님은 시장 번영회 회장직을 맡으며 상가 사람들의 고충을 해결하는데 노고를 아끼지 않았다.

소나무는 자신에게 붙어 있는 일엽초는 상관없다는 듯 의연하다. 나 같으면 얌체 같은 일엽초에게 물과 영양분을 나눠주지 않을 것이다. 하지만 둘은 공생하는 듯하다. 겉으로 보이는 삶만이 다가 아니라, 내면을 살피는 법을 내게 일깨워 주려는지 하늘을 향해 푸르게 자라고 있다. 이미 오래 전부터 마음의 끈으로 연결되어 있어 외로움을 서로 다독이며 살고 있나 보다.

가정을 돌보지 않은 무심한 아버님에게도 어머님은 사랑하는 마음이 남아 있었을까. 아버님에게 모진 소리 한번 내뱉지 않았다. 내 생활에 여유가 있다면 몰라도, 하루하루 살기가 버거워 무릎이 꺾일 것 같으면 단박에 잔소리를 퍼부을 텐데, 찜부럭도 내지 않았다. 어쩌면 경제적으로 도움을 주지 않는 아버님일지라도 곁에 머무르는 자체만으로 든든했으리라.

어머님은 동전 한 닢이라도 허투루 쓰지 않았다. 알뜰살뜰 모은 돈과 대출받은 돈으로, 연탄 공장을 운영하게 된 것도 고단한 어머님의 삶이 밑바탕이 되었다. 남편 몫까지 필사적으로 일했기에 남은 인생의 강은 급류 없이 완류로만 이루어져 여유롭게 흘러가는 것처럼 보였다. 하지만 강의 지류들은 수시로 막혀 원하는 방향으로 흐르지 않았다.

갑작스럽게 큰형님이 병으로 돌아가시면서 집안의 크고 작은 짐들을 떠안게 되었다. 당신의 자식 넷에 조카 다섯까지 돌보아야 하는 책임을 맡았다. 시련은 속속들이 개인의 사정을 들어주지 않았다. 연탄 공장은 도시가스의 보급에 따른 시대의 흐름에 따라가지를 못해 부도가 났다. 빚쟁이들에게 쫓기면서 식구들은 뿔뿔이 흩어져 지내야만 했다.

비바람이 몰아쳐도 소나무는 일엽초와 헤어지지 않는다. 태풍이 몰아쳐 제 몸이 뿌리째 뽑히더라도 어쩌면 일엽초와 함께일 수 있다. 시련을 함께 이겨나가면 육체적 고통은 남아도 정신적으로 덜 힘들 텐데, 어머님은 친척집으로 보낸 자식들이 눈에 밟혀 자꾸만 가슴이 내려앉았다. 보듬고 품어야 할 식구들이 한 자리에 모이는 순간은 애석하게도 좀처럼 보기 힘들었다.

더구나 질곡의 시간은 모질게 이어졌다. 그 사이 아버님은 담낭암 진단을 받고 삼 개월 시한부 생활을 시작했다. 어느 날, 어머님이 병간호를 하다 깜빡 잠이 들었다고 했다. 문득 눈을 떴을 때 병실 침대 위에 오도카니 앉아 있던 아버님이 보였다. 링거 꽂은 팔을 아랑곳하지 않은 채 몸을 잔뜩 웅크리고 있었다. 모두가 잠든 시각에 홀로 잠 못 들고 괴로워했다. 아버님은 철저하게 혼자였다. 누구도 병의 고통을 대신 나누어질 수 없었기에 지독하게 외로운 상태였다.

이제껏 어머님을 외롭게 했던 아버님이었다. 어머님의 마음을 알아달라는 것이 아니었다. 오랫동안 어머님 곁에 머물기만 해도 가슴에 생채기가 덜할 것이었다. 그런데 복수가 차오르고 음식을 삼키지 못하는 날이 늘어갈수록 어머님의 마음은 조급해졌다. 무심해도 좋으니 병이 호전되기를 두 손 모아 간곡히 기도했다. 이제껏 삶의 무게가 버거워 휘청

거릴 때도 있었지만, 부부가 함께 할 수 있다는 것만으로도 어머님에게는 힘이 되었다.

소나무와 일엽초는 사시사철 한시도 떨어지지 않는다. 미우나 고우나 함께 있기에 비바람에도 악착같이 뿌리를 내리고 푸른 생명을 유지한다. 어머님에게 아버님은 포기할 수 없는 존재였다. 겉으로 표현하지 않아도 어머님의 삶을 지탱해준 버팀목은 아버님이었다. 아버님이 돌아가신 후 어머님은 예전보다 더 힘든 나날을 보냈다.

일엽초는 귀한 약재라고 한다. 소나무에게 얹혀살면서 기대기만 하는 하찮은 존재인줄 알았는데 사람에게 이롭단다. 세상에 존재하는 모든 것들은 쓸모가 있다는 것을 새삼 깨닫는다. 소나무는 일엽초에게 자신의 양분과 수분, 햇살과 바람을 나눠준다. 그런 이유로 일엽초도 자신의 몸을 기꺼이 나눠주어 사람들의 병을 완화시켜 주는 것이리라.

소나무와 일엽초는 세상 모든 것이 연결되어 있음을 다시 한 번 나에게 이야기해 준다. 아버님이 어머님에게 소홀했어도 믿음으로 서로 엮어져 있었기에, 어머님은 흔들리지 않고 가정을 지킬 수 있었다. 그런 연유로 지금 자녀들은 각자의 자리에서 튼실하게 뿌리내리고 있다. 소나무와 일엽초를 쓰다듬는다. 세상과 이어진 연결고리 하나가 내 손으로 건너온다.

당신에게 말 걸기

심미적 체험이란 어떤 대상에서 감동이나 깨달음을 얻으며 아름다움을 느끼는 것을 말합니다.
제가 소나무와 일엽초를 보면서 심미적 체험을 했듯이 당신에게 심미적 체험을 안겨준 대상이 있나요?

삶의 희망을 덧입히다

지난 주말, 고향집을 찾아갔다. 바람벽을 보니 마른 땅바닥처럼 여기저기 갈라져 틈이 많았다. 고르지 못한 벽을 손으로 훑는데, 이제 곧 텃밭에 씨뿌리기가 코앞이라는 생각이 들었다. 바빠지기 전에 매흙질을 해야겠다고 다짐했다.

매흙질은 벽이나 부뚜막, 안마당에 매흙을 바르는 일을 말한다. 산비탈에서 퍼온 백토를 커다란 대야에 담고 물을 부어 흙탕물을 만든다. 그 물을 다른 그릇에 담고 하루를 재우면 앙금이 되어 가라앉는데, 마치 흐트러진 상념이 가슴 밑바닥에 침잠하듯이 내려앉는다.

오늘은 매흙을 미리 만들어 놓았기에, 귀얄로 바르면 된다. 일하는 틈틈이 돌아가신 친정아버지의 모습이 떠오른다. 아버지는 다른 집에 비해 자주 매흙질을 했다. 매흙질을 거치고 나면 흙벽은 매끄러웠다. 시커멓게 그을음 묻은 부뚜막도 화장을 한 새색시처럼 새 단장을 했다.

아버지는 내 할아버지에게서 처음 맥질하는 법을 배웠다. 할아버지는 영천 도동, 고향집 가마 옆에서 옹기를 구우며 살았다. 생계를 위해 옹기를 빚어 팔았지만 사람들은 차츰 멀리했다. 공장에서 만든 알록달록하고 가벼운 플라스틱 그릇에 점점 마음을 빼앗겼다. 장인 정신을 가지고 땀 흘리며 그릇을 빚어도 생활그릇이 옹기에서 플라스틱으로 바뀌는 세태를 따라가지 못해 가난을 면하기 어려웠다. 친척 아재나 사촌들도 점차 다른 일을 구해 고향을 떠났다.

아버지는 자신이 발 딛고 있는 현실과 바깥 세계 사이의 경계에서 방황했다. 도회지에서 불어오는 산업화 바람에 마음이 동하기 일쑤였다. 가마 앞에서 노심초사하는 할아버지의 축 처진 어깨와 야윈 등을 보면 안쓰러울 때보다 답답할 때가 많았다. 애면글면, 그 정성을 누가 알아준단 말인가. 어느 날, 아버지는 옹기 굽는 일 대신 다른 직장을 핑계 삼아 대도시로 내달렸다. 고향을 떠나 도시에서 살며, 가족들을 건사할 방 한 칸을 얻기 위해 매일 옷에 허연 소금꽃이 필 정도로 열심히 살았던 아버지였다. 그런데 가장의 무게가 묵중할수록 하루하루가 고단했기에 몸이 견디지 못했다.

한참을 앓고 난 그 해 가을, 절망의 늪에 빠져 허우적대던 아버지를 할아버지가 시골집으로 부르셨다. 아버지는 명절을 앞두고 매흙질하는 법을 익혔다. 할아버지가 일하는 것을 자연스레 거들면서 배우게 된 것이었다. 처음에는 귀얄을 잡은 손이 익숙하지 않았지만, 차츰 손에 익었다.

매흙질은 아버지에게 상처를 치유하는 작업이었다. 일에 집중하는 동안 상념을 잊었다고 했다. 시커먼 부뚜막이 마치 아버지의 상처 난 마음인 듯 여러 겹 두껍게 덮었다. 허물어진 벽이 마치 아버지의 어지러운 생활을 닮은 듯 거침없이 덧칠했다. 어쩌면 가족의 건강과 새로운 삶의 희망을 덧입혔을 수도 있었을 것이다.

우리네 삶도 이와 다르지 않을 성싶다. 빛바래고 한쪽 귀퉁이 떨어진 삶이라도 매흙질하듯 정성을 다한다면 언젠가는 매끄러운 모습으로 되돌아오겠지. 예전에 아버지의 손길이 지나다녔던 자리를 더듬어 찾듯 찬찬히 맥질한다. 갈라진 틈을 메우면서 나도 아버지처럼 꿈과 현실 사이의 괴리감이 주는 번민을 꼼꼼히 부려놓는다.

몇 년 전, 건강하다고 믿었던 남편이 갑자기 쓰러졌다. 심장이 멈춰 응급실에 실려간 뒤, 두 차례 심장 수술을 받았다. 다행히 수술이 잘 되어 퇴원했지만, 그 때부터 남편의 건강을 걱정하며 살아가는 일상이 평온을 유지하지 못했다. 직장일과 집안일, 어린 삼 남매 키우는 것이 힘에 부치는 때가 많았다. 여러 해 동안 몸과 마음이 시달린 연유로 내 마음 벽에는 끊임없이 거칠고 뾰족한 선들이 돋아났다. 삶은 내가 원하는 대로 자를 대고 줄을 그어 매끄러운 선을 만들어 놓아도 수시로 삐뚤어지고 굽었다.

그러나 내 옆에 남편이 있어 감사하다. 둘이 함께 거친 인생의 흔적을 매흙질할 수 있다는 것은 든든한 일이다. 오늘도 고향집 구석구석을 매흙질하면서 튀어나온 직선과 끊어진 사선 같은 내 마음을 남편과 달래고 보듬는다.

마음이 편안해지고 축 처져 있던 어깨가 곧게 펴진다. 기진맥진한 내 생활의 흔적에도 그늘이 걷히고 햇살이 드리워지는 것 같아 귀얄 잡은 손놀림이 가볍다. 덧칠을 반복하는 동안, 앞으로 펼쳐질 내 삶도 단장한 바람벽처럼 모난 데 없기를 기원한다.

매흙질한 집은 아버지에게 세상에서 가장 포근한 처소였으리라. 흙마당 귀퉁이 장독대에 어깨를 겯고 있는 옹기들이 늘어서 있고, 처마 끝에 곶감을 만들기 위해 대글대글한 감을 꼬챙이에 꿰어 늘어뜨린 풍경이 있어 더욱 정겨운 곳이었을 것이다.

초록 바람이 불어온다. 매흙질한 자리를 부드럽게 쓰다듬으며 말려주겠지. 아버지가 매흙질을 마친 뒤 환하게 웃으시던 모습이 떠오른다. 그리운 추억이 고향집 언저리를 맴돌다가 서서히 내 마음자락을 물들인다.

당신에게 말 걸기

이 세상에 당신은 단 한 명밖에 없어요. 당신에 대한 생각을 연결해서 '나'를 제목으로 글을 써 보세요.

당신에게 가족이란? -
당신이 기억하는 당신의 어머니는 어떤 분? -
당신의 학창 시절? -
당신이 좋아하는 것? 잘하는 것? 싫어하는 것? -
당신이 할 수 있는데 못하는 것? -
당신이 할 수 없는데 하고 싶은 것? -
당신이 아는 자기 자신? -
남들이 생각하는 당신? -

오솔길이 마침내는 산 정상으로 이어지듯

뒷산 오솔길을 걷는다. 고즈넉한 길옆으로 또바기 서 있는 나무를 만나니 기분이 상쾌하다. 하늘에 떠 있는 구름이 선명하고, 간간이 불어오는 바람이 귀밑머리를 스치고 지나간다.

어느 바람결에 묻어 왔을까. 서너 걸음 앞에서 나비가 나풀거린다. 반가워 그 뒤를 쫓아가니, 햇살은 내 등에 업힌다. 산 위로 가야 하는 나와는 달리 나비는 주위를 맴돌 뿐 올라갈 기색이 없다. 느긋하다. 저마다 갈 길이 따로 있는 법, 내려올 때 다시 만나자고 눈인사를 건넨다. 산 중턱에서 내려다보니 산길은 여러 갈래다. 앞이 확 트인 길, 조금 완만한 길, 경사가 좀 심한 비탈길도 있다. 지금껏 내가 살아온 길은 어떤 길일까. 수필을 쓰기 전에 내 생활은 지극히 평범했다. 남편을 출근시키고 아이를 키우는 것이 거의 전부여서 권태로울 때도 있었다. 연년생 두 아들과 늦둥이 딸은 큰 기쁨을 주기도 했지만 하루 종일 종종걸음을 치다 보면 힘에 부쳤다. 반복되는 일상은 이따금 신화 속의 시시포스를 떠올리게 했다.

그러던 중에 수필과 인연이 닿아 글을 쓰기 시작했다. 햇살이 쏟아지는데 가슴 한쪽이 흐려지거나, 뜨거운 여름날인데도 몸이 으슬으슬 추워질 때면 글을 써 내려갔다. 기억의 정원에서 그리운 추억을 불러내 이름표를 붙여 주고 싶었다. 희미해져 가던 실루엣이 뚜렷한 흔적으로 남았다. 때로는 바람결에 실려 다니는 말을 내 마음에 빼곡하게 걸어 놓고 날마다 행간을 놓칠세라 열심히 읽었다. 아담한 수필이란 집을 짓기 위해서다.

경주 세계문화엑스포 공연장에서 신명나는 사물놀이를 구경했다. 김덕수 명인이 태평소를 불며 등장하자 관객들의 함성이 울려 퍼졌다. 복을 몰고 가는 길놀이로 시작된 공연은, 사물놀이패의 꽹과리, 징, 장고, 북의 화려한 연주와 조화로움으로 어깨춤을 유발하더니 농악을 기본으로 사물굿판이 펼쳐졌다. 상모꾼의 상모돌리기에서 절정을 이룰 때에는 흥겨운 장단에 내 어깨도 다른 관객들과 어우렁더우렁 들썩이고, 덩달아 손도 박자를 맞추기에 바빴다.

공연이 끝난 뒤였다. 전율이 찌르르 온몸을 에둘러 나가도 가슴에는 한 줄기 짙은 감동이 여운으로 자리를 잡았다. 공연 시간은 짧았지만 구경꾼들의 영혼을 맑게 해주었다. 그 순간, 바람이 불어왔다. 내 마음에도 수필 바람이 시원스레 불어와 누군가의 가슴을 두드릴 수 있다면. 누군가의 가슴에 스며들어 희망을 주고 기쁨을 준다면 좋으련만.

나는 수필을 사랑한다. 울림을 주는 글을 쓰기 위해 매일 언어의 바다를 헤엄치며 살고 있다. 좋은 작품을 남기기 위해서는 소재가 중요하다. 글감이라는 보물을 찾으려고 나는 항상 두리번거린다. 학창 시절에 소풍의 재미는 보물찾기에 있었다. 나무 밑이나 화단 근처, 돌무더기를 뒤지며 찾던 종잇조각. 학생이었을 때 내 눈빛이 그 순간만큼 반짝거릴 때가 있었던가. 글감 찾기는 내 생활 속에서의 보물찾기다. 빛나는 글감이 떠오르면 며칠을 머릿속에서 반죽하고 숙성시킨다.

나의 글쓰기는 주로 밤늦은 시각에 이루어진다. 모두가 잠든 뒤에 수필을 쓰려고 깨어 있는 경우가 많다. 지난겨울은 유난히 마음이 추웠다. 세차게 불어오는 바람에 흔들리는 창문을 자주 볼 수 있었다. 우듬지를 비추는 달빛 한 점이 있어 차가운 겨울을 이겨낼 수 있었다. 고요히 나뭇가지에 앉아 있는 한 마리 새처럼 조용히 의자에 파묻혀 한 줄씩 적어 내려갔다. 깊은 밤을 지새울 만했다.

가끔 언어로부터 벗어나 자유롭고 싶을 때가 있다. 주옥같이 펼쳐지는 언어의 황홀경에 흠뻑 취해 있다가도, 쓰는 작업이 힘에 겨워지면 수필에서 달아나고자 버둥거린다. 하지만 어슴푸레한 미명에 새벽별과의 눈맞춤으로 내 마음에 한 줄기 빛이 반짝거리는 모습을 보면, 또다시 연필에 힘을 주고 내 심연 깊이 고여 있는 문장들을 받아쓰고자 애쓰는 스스로를 발견한다. 햇귀와 타전을 시작하고는, 윤슬을 머금은 수필을 완성하기 위해 고군분투하는 것이다. 수필을 사랑한 후에 오는 것들을 기대하며.

수필을 사랑하면서 나는 꿈 많던 여중 시절의 문학소녀로 되돌아간 듯했다. 김춘수의 「꽃」을 좋아하고, 생텍쥐페리의 『어린왕자』를 좋아하던 그때로 돌아갔다. 중학교 1학년 때 담임 선생님은 국어 과목을 담당하셨다. 이웃집 아주머니 같은 정 많고 푸근한 모습이 좋았다.

선생님을 좋아했기 때문에 수업에 집중했다. 선생님의 자분자분한 목소리를 좇아 소설을 공부하면 내 자신이 소설 속의 주인공이 되어 울고 웃었고, 시를 읽을 때면 어느새 나는 들꽃 가득한 길가에 서서 꽃향기를 맡고 있었다. 그 무렵 친구들과 주고받은 편지에는 항상 선생님이 들려주셨던 시가 적혀 있었다. 선생님은 나더러 당신처럼 국어 선생님이 되라고 하셨다. 비록 교편생활을 하고 있지는 않지만 문학을 향한 내 마음은 아직도 애틋하기만 하다.

내 삶을 도화지에 옮긴다면 오랫동안 글 쓰는 인생을 그려 넣고 싶었다. 산에서 길이 아닌 곳도 자꾸 걸으면 새로운 길이 생겨나듯 부족한 글도 자꾸 써나가면 언젠가는 좋아질 것이라는 희망을 가져보았다.

글을 쓰면서 만난 벗들과 인연이 계속 이어지기를 소망하기도 했다. 도란도란 이야기꽃도 피우고 서로에게 햇볕과 거름과 물이 되어 주면 좋겠다. 그리하여 가슴에 품고 있는 소중한 '글 씨앗'을 싹 틔우는 데 도움이 되었으면 하는 바람이다.

쉬엄쉬엄 걸어서 어느덧 산 정상에 다다랐다. 나무의자에 앉아 있으니 한줄기 바람이 훑고 지나갔다. 솔숲을 흔드는 바람이 달았다. 얼음 가득 넣은 새콤한 레모네이드를 한 모금 마신 듯 상쾌했다. 꽃샘바람이 불어와도 산속의 겹벚꽃 꽃눈은 얼지 않았다. 봄꽃이 피어나기를 오매불망 지켜보는 나의 시선 때문인지 앙증맞게 피어났다.

분홍빛으로 물들기 시작한 꽃가지가 나를 향해 봄 내음을 물씬 풍기며 반갑게 손짓했다. 마음 가득 봄빛으로 물들이면 무덤덤하게 세상을 살아가는 것보다 주변이 훨씬 곱게 보일 거라며, 따스한 눈길을 건네주었다.

밝은 햇살이 청명한 음색으로 내 어깨를 두드리고 있다. 그 부드러운 목소리를 들으며 오늘도 내 가슴 안에 담겨 있던, 기록되지 않은 단어와 추억을 불러내 수필이란 이름의 옷을 입혀 줄 것이다. 수필을 사랑한 후에 오는, 또 다른 것들을 기대하며.

오늘 나무 아래에서 올려다본 하늘이 저토록 맑고 투명한데 나를 기다리고 있는 길 저편의 하늘은 어떤 빛일까. 여러 갈래의 오솔길이 마침내 산 정상으로 이어지듯 앞으로의 내 삶이 작은 오솔길을 만들어 나아가길 바란다. 그 길 위에 소담스러운 들꽃이 가득 피어나길 기도한다.

당신에게 말 걸기

안톤 체호프는 "사랑, 연기, 그리고 기침은 숨길 수가 없다."라고 말했습니다.
이 말처럼 당신의 삶에서 숨길 수가 없는 것은 무엇인가요?

흥정을 잘하는 이

이사를 가기 위해 살던 집을 내놓았다. 마땅한 임자가 나서기를 바라며 아파트 게시판에 올렸더니 기다렸다는 듯이 전화가 왔다. 잠시 후 나이 지긋한 아주머니가 집을 보러 왔다.

일찍 남편을 여의고 혼자 살고 있다는 아주머니였다. 맞벌이하는 딸의 양육을 돕고 싶어, 본인 집 가까이에 딸네가 살 집을 구한다고 했다. 꼼꼼히 둘러보면서 집이 마음에 든다고 매매 가격을 조금 더 깎자고 말했다. 하지만 곤란했다. 집을 빨리 팔기 위해 시세보다 싸게 내놓았기 때문이다.

아주머니는 흥정에 능숙했다. 조금 더 집값을 후하게 받으려고 기다리다가 정작 사겠다는 사람이 기한 내에 나타나지 않으면 곤란하지 않겠느냐며, 내 손을 잡고 자분자분 설명했다. 두 달 남은 우리 집 이삿날도, 아주머니의 딸네 전세 기한과 딱 맞아떨어지는 것을 보니, 보통 인연이 아닌 것 같다며 나를 설득했다.

슬슬 조바심이 났다. 아주머니 말대로 지금 기회를 놓치면 늦도록 임자가 나서지 않을 것만 같았다. 결국 상대방이 원하는 가격에 집을 팔았다. 아주머니와 이야기하면서 친정어머니의 얼굴이 떠올랐다. 딸자식을 친정 가까이 살게 하려는 아주머니의 마음이 나의 심금을 울리며 결정적인 역할을 했다. 집을 팔았다고 했더니 너무 싸게 팔았다며 나보다 주변 사람들이 더 아쉬워했다. 손해를 보긴 했어도 집이 안 팔렸을 때 생기는 마음고생은 면하지 않았는가. 그것으로 만족스러웠다.

내가 아는 사람 중에 흥정을 잘하는 이가 있다. 그에게 흥정은 가슴 두근거리는 일이라고 한다. 마음에 드는 물건을 싸게 살 수 있다는 기대감에 값을 깎다 보면, 자기도 모르게 손바닥에 땀이 배어나기도 한단다.

언젠가 포항에 놀러온 그를 데리고 죽도시장에 같이 간 적이 있었다. 북적대는 사람들 사이를 떠밀리듯 오가며 어시장을 둘러보니 그날따라 물 좋은 생선이 많았다. 횟감을 뜨려고 함지박에 담긴 생선을 구경했다. 돔 한 마리를 만 팔천 원에 판다는 아주머니의 말이 떨어지기가 무섭게 그는 곧바로 흥정에 들어갔다.

"아지매, 보소, 내가 이태 전까지 배 타던 사람 아이가. 만오천 원에 주소."

"그라믄 더 잘 알 텐데 값을 깎노. 주위를 둘러봐도 이 정도 좋은 놈은 없다."

돔을 건져 보이며 아주머니는 목청껏 말했다.

하지만 나는 옆에서 말 한마디 거들지 못했다. 정작 값을 깎는 당사자는 태연한데 내가 왜 그리도 미안한 마음이 들던지. 귀로는 두 사람의 대화를 듣고 있었지만, 눈은 벌름거리는 생선의 아가미만 뚫어져라 쳐다보았다. 손사래 치는 아주머니에게 그는 기어이 값을 깎았다. 내가 너무 했다는 듯 바라보자 그는 씨익 웃을 뿐이었다. 횟감 봉지를 손에 든 그의 발걸음이 비거스렁이에 나들이하는 것처럼 가벼웠다.

그는 흥정을 위해 아주 천연덕스럽게 말을 지어낸다. 옷을 사러 가면 예전에 옷가게 사장이었다고 하고, 가구점에 가면 가구 공장을 했다고 둘러댄다. 그의 말을 듣고 있으면, 정말 그랬을 것 같다는 기분이 들 정도였다. 가게 주인들은 믿는 척 속아주는 척 한참을 주거니 받거니 하다가, 결국은 가자미처럼 눈을 흘기면서 값을 깎아 준다. 그럴 때마다 그는 어깨를 으쓱하고는 한다.

오늘 모처럼 죽도시장에 들렀다. 소금기 머금은 바람이 먼저 달려와 반기더니, 곧바로 비릿한 바다 냄새가 온몸을 덮쳤다. 나는 어시장에서 싱싱한 조기와 큼직한 전복 등속을 실컷 구경하고도 모자라, 건어물 골목 사이사이를 신나게 누비고 다녔다. 그랬더니 요 며칠 지쳐 있던 내 몸에 시장의 활기가 스며들었는지 갑자기 기운이 솟았다.

고등어를 사기 위해 다시 어시장에 들렀다. 젊은 상인들을 제쳐두고 한쪽 귀퉁이에서 생선을 팔고 있는 할머니께 다가갔다. 사면서 값을 깎으려니 주인은 지청구를 늘어놓았다.

"쯧쯧, 젊은 사람이 늙은이 고생하는 걸 생각해야지…."

할머니가 부른 원래 가격으로 얼른 셈을 치르고 나왔지만, 여전히 얼굴은 후끈거리고 뒤통수는 따가웠다.

나는 여전히 흥정에 익숙하지 않나 보다.

당신에게 말 걸기

제가 중학생이었을 때 사이먼 앤 가펑클이라는 듀엣 가수가 유명했답니다. 그들이 불렀던 노래 중에 「스카보로우 페어Scarborough Fair」가 있었는데, 노랫말을 해석하기 보다는 그들의 화음과 편곡에 마음이 끌려 카세트테이프로 음악을 무작정 반복해서 들었지요.

스카보로우 시장에 가시나요?
파슬리, 세이지, 로즈메리와 백리향

시간이 흐른 뒤에, 이 노래는 영국의 전통 가요와 베트남전을 반대하는 목소리가 결합된 곡이라는 것을 알게 되었습니다.
'시장'이라는 두 글자를 떠올리면, 당신은 어떤 추억에 젖어드나요?

누군가의 징검다리가 될 수 있다면

대학 2학년 때였다. 스쳐가는 바람에도 마음이 들뜨는 어느 봄날, 단짝과 교정을 걷다가 초등학교 남자 동창생을 만났다. 재수를 해 나보다 일 년 뒤에 입학한 신입생이었다.

살랑거리는 봄바람 탓이었다. 동창생과 인사말을 주고받는데 바람이 불어 머리카락 한 올이 내 입술에 얹혔다. 그 순간 그가 손을 뻗어 머리카락을 치웠다. 허물없는 사이라 짜릿한 감정은 느껴지지 않았다. 하지만 옆에 있던 단짝은 그 행동이 참 자상해 보였다고 했다.

자상한 손길에서 애틋함을 느꼈을까. 단짝의 첫사랑이 시작되었다. 꽃을 보면 선물하고 싶고, 차를 마시면 찻잔 너머로 미소를 건네고 싶은 사람이 생긴 것이었다. 그러나 내 동창생은 마음의 여유가 없어 다른 사람을 곁에 둘 수가 없다고 했다. 그때 그는 갑작스럽게 불거진 부모님의 갈등으로 혼란스러워했고, 입대 문제로도 고민하던 중이었다. 대학 새내기로서의 발랄함은 찾아볼 수 없을 정도로 어두운 안색이었다.

그래도 나는 단짝의 사랑을 모른 척할 수 없었다. 가랑비에 옷 젖는다고 어느새 스며든 사랑은 온몸을 적셔 친구는 힘든 나날을 보냈다. 화창한 날은 화창한 대로, 흐린 날은 흐린 대로, 눈물방울 흩뿌리는 아픔을 모른 척할 수 없었다. 친구가 밤새워 쓴 편지를 전해주기도 하고, 일부러 동창생과 자리를 마련해 함께 밥을 먹었다.

대학축제 기간이었다. 떠들썩한 분위기에 휩쓸려 모두가 흥겨운 듯 보였는데 문득 친구가 바다 이야기를 했다. 밤바다가 보고 싶다는 것이었다. 철썩이는 파도소리를 듣고 하늘을 자유로이 나는 갈매기를 보면 가슴이 좀 트일 것 같다고 했다.

무작정 부산행 열차를 타고 광안리로 갔다. 자판기 커피를 뽑아 모래밭에 앉았다. 별말 없이 앉아 있던 친구가 갑자기 큰 소리로 엉엉 울었다. 그냥 그렇게 내버려 두었다. 친구의 작은 몸집 어디에 그토록 많은 눈물이 숨어 있었는지, 누군가를 그리워한다는 것이 큰 눈물인 줄 그때 처음 알았다.

바다에 다녀온 뒤였다. 동창생을 만나면 때때로 모진 말들이 내 목까지 차올랐다. 네가 그렇게 잘 났냐는 둥 사람 마음 아프게 하면 벌 받는다는 둥…. 그러나 입안에서 맴돌 뿐 내뱉지 못했다. 그도 소중한 내 친구였으므로.

나는 둘 사이의 징검다리였다. 동창생은 친구인 내가 가운데 있어 단짝에게 매몰차게 거절하지 못했다. 단짝 또한 본심을 직접 전하지 않고 대부분 나를 통했다. 둘 사이의 연결이 쉽지 않았다. 두 사람은 마음의 강을 사이에 두고 쉽게 건너지 못했다.

어렸을 때 강에 드문드문 놓인 징검돌을 건넌 적이 있었다. 반쯤 건넜는데 가운데 징검돌 두세 개가 없어서 난처했다. 무리를 해서 뛰기에는 돌 사이 간격이 너무 넓어 물에 빠질 것 같았다. 건너지 못하고 뒤돌아 나와 강 주변에서 징검돌을 찾았지만 끝내 마땅한 것이 없었다. 할 수 없이 징검다리를 건너는 지름길을 두고 멀리 에둘러 갔다. 길을 잇는 것도 그러한데 하물며 사람의 마음을 이어 주는 일임에랴. 그때 나는 단짝과 동창생의 징검다리로서 제 역할을 하지 못했다. 양쪽을 연결하지 못하면 징검다리는 소용이 없다.

얼마 전 어린 조카에게 전래동화를 들려주었다. 북두칠성이 된 일곱 형제 이야기다. 홀어머니가 일곱 형제와 살고 있었다. 추운 겨울날 어머니는 매일 밤 집을 나서 이웃집에 놀러갔다. 형제는 어머니가 차가운 강물을 건너야 된다는 것을 알았다. 그래서 징검돌을 놓아 다리를 만들었다. 아들이 징검다리를 놓았다는 것을 모르는 어머니는 기도했다. 이렇게 고마운 사람들을 하늘의 별이 되게 해달라고. 일곱 아들은 나중에 별이 되었는데 그것이 바로 북두칠성이라 했다.

누군가의 징검다리가 될 수 있다면 좋겠다. 연락이 뜸한 친구와 친구를 연결해 주고, 어쩌다 소원해진 가족과 가족을 손잡게 하고, 그렇게 사람들의 마음을 이어 주고 싶다. 물이 좀 깊어도 징검돌이 있으면 누구라도 건너볼 만한 용기가 생긴다. 아쉬운 자리마다 든든하고 판판한 징검돌로 놓이고 싶다. 그러다 보면 나 또한 밤하늘의 별빛을 닮을 수 있지 않을까.

당신에게 말 걸기

당신은 '첫사랑'이란 단어를 떠올리면 어떤 색깔이 떠오르나요? 첫사랑에 관한 소설이나 영화는 무엇이 생각날까요?
저는 색깔은 '분홍', 소설은 황순원의 「소나기」, 영화는 올리비아 핫세 주연의 「로미오와 줄리엣」이 떠오르네요.

커피, 아침을 열다

"당신이 아침에 눈을 뜨면 커피를 가져다 드릴게요."

영화 「누구를 위하여 종은 울리나」에 나오는 잉그리드 버그만의 대사다. 내 나이 이십 대 초반에 주인공 마리아가 로버트 조던에게 이 말을 속삭이며, 마음을 털어놓는 장면이 한동안 눈에 선했다.

커피가 흔하지 않던 시절이었다. 집집마다 인스턴트커피, 프림, 설탕을 티스푼으로 덜어서 아껴 먹던 때였다. 그런 이유로 사랑하는 사람이 건네주는 커피 한 잔으로 여유로운 아침을 맞이한다는 것은 현실적으로 쉽지 않아 보였다.

요즈음은 아침에 커피 한 잔을 누군가에게 건네는 일이 어렵지 않다. 1999년 스타벅스 1호점이 문을 연 이후 원두커피가 본격적으로 퍼졌기에, 드립커피를 직접 내리는 집도 늘었다. 편의점이나 아침에 문을 여는 카페도 있어 부지런히 움직이면 모닝커피는 손쉽게 마실 수 있다.

그러나 나는 이제 누군가가 건네는 모닝커피의 여유를 기대하지 않는다. 영화처럼 낭만적으로 살고 싶었지만, 현실은 강퍅한 드라마일 때가 많다는 것을 자각해 버렸다. 그렇다고 커피 마시는 일을 생활에서 지울 수는 없기에, 스스로 커피를 챙겨 마시며 새맑은 하루를 기대한다.

커피를 음미하는 것은 삶에 여백을 만드는 일이다. 아로마가 풍부한 최상급의 커피가 아니어도 괜찮다. 그동안 시간의 눈금에 편승해 앞만 보고 쉼 없이 달려온 나였다. 방향을 잃은 채 속도에만 치중했던 일도 부려놓고, 마음에 쉼표를 찍으며 잠시나마 위안을 받는다. 마음을 채우기보다 비워서 여백을 만드는 시간이 커피를 마시는 순간이다.

그렇지만 비우고 싶다고 마음이 어디 내 뜻대로 비워진 적이 있던가. 오늘도 베토벤을 따라해 본다. 그는 아침마다 60알의 원두를 분쇄해 커피를 마셨다고 한다. 나는 글감이 막막할 때면 그의 예술적 영감이 시공간을 초월해 나에게 전해지기를 은근히 기대하며, 그를 흉내 내어 종종 커피를 마신다. 하지만 아직까지 성공한 적이 없어 애석할 따름이다.

알맞은 굵기로 커피를 갈기 위해 그라인더 버튼을 조절한다. 그라인딩 정도와 추출 도구에 따라 같은 커피콩이라도 맛이 달라지기 때문이다. 추출 시간이 길수록 커피를 거칠게 갈아야 하고, 추출 시간이 짧을수록 곱게 갈아야 한다.

분쇄된 가루를 추출한 뒤, 따뜻한 커피를 한 모금 마신다. 쓴맛과 신맛이 적절하게 조화를 이루어 입안에 가득 퍼진다. 모든 커피가 부드럽고 감칠맛이 나는 게 아니므로, 커피 봉지에 적힌 블렌딩 비율을 훑어본다. 복숭아의 달콤새콤한 맛과 은은한 꽃향기가 어우러진 화려한 커피, 라는 문구와 커피잔에 담긴 커피를 번갈아 눈에 담는다. 커피원두는 품종마다 서로 다른 맛과 개성을 가지고 있으므로 한 가지만으로는 종합적인 맛을 즐길 수 없다. 원두가 지닌 특성을 균형 있게 배합하여 깊은 향미와 풍미를 지닐 수 있게 섞는 과정을 블렌딩이라고 하는데, 내가 마시는 커피는 배합 공정이 잘된 것 같다.

문득, 우리네 사람살이와 닮은 듯하다. 사람들은 저마다 기질이 다르고 성격이 다르다. 개성이 강한 사람들이 사회에 잘 적응하려면 자기만의 색깔을 분명히 드러내야 할 때도 있지만, 다른 이들과 조화를 이루어야 하는 순간도 필요하다. 완벽한 사람이란 존재할 수 없기에 가끔은 부족한 부분을 따뜻한 시선으로 지켜봐줄 수 있어야 한다. 블렌딩이 잘된 커피가 부담이 없듯이.

커피에 취하면 마주 앉은 상대도 다정스럽게 느껴지는 것일까? 실제로 미국에서 부부 1만 쌍을 대상으로 "처음 두 사람을 사랑에 빠뜨린 때는 언제인가요?"라고 질문한 적이 있다. 가장 많이 나온 대답이 "커피 한 잔 하실래요?"라고 말한 순간이었다고 한다.

나는 내 주변이 정으로 가득 넘치기를 바란다. 애정이든, 우정이든. 오늘 아침, 가까운 이와 새뜻한 하루를 시작해야겠다.

커피 한 잔 하실래요?

당신에게 말 걸기

1919년 이후 서울 명동을 중심으로 일본식 다방이 들어섰습니다. 예술가들은 삼삼오오 다방에 모여 대화를 즐겼습니다. 시인 이상은 다방에 심취해 스스로 '제비 다방'을 설계해 운영했습니다.

포항에서는 사진작가 박영달이 1952년 개업한 '청포도다방'이 예술인들의 사랑방 역할을 했습니다. '청포도'라는 명칭은 시인 이육사가 포항 도구에서 '청포도'를 구상한 데서 연유합니다.

당신에게도 추억을 담고 있는 다방, 커피숍, 카페 하나쯤 있으신가요?

망 각 된 것 은
추 억 으 로 호 명 할 수 없 다

푸른 여백의 미가 돋보이는 마을이다. 나지막한 집들이 바다를 배경으로 한 폭의 수묵담채화처럼 앉아 있기에 온통 쪽빛으로 일렁인다. 느림이 빠름보다 대접받는 곳에서, 숨 가쁘게 살아가는 내 일상이 잠시나마 여유라는 쉼표를 찍는다.

햇살을 등에 업고 장기면 벽화마을을 거닌다. 골목길이 풀어놓는 이야기에 물들고 싶어 무작정 마음 하나 구겨 넣고 찾아갔더니, 터줏대감인 양 바닷바람이 먼저 맞이한다. 세상의 모든 바람은 한번쯤 여기로 왔다가 다시 제 갈 길로 가는 듯하다. 나도 바람 한 점이 되어 이곳으로 발길을 돌렸으니 말이다. 내 몸속에 쌓여 있던 소리와 해류 타고 넘어온 바람 소리가 서로 부딪히는 순간에 모든 관념이 상쇄된다.

퇴색되었다는 것은 새롭게 단장될 준비가 되었다는 의미다. 빛바래고 낡은 이미지가 물씬 풍겼던 골목길에 따뜻한 이들의 사랑과 관심이 보태져 산뜻한 그림이 곰비임비 깃들자, 마을은 변했다. 도심이 발달함에 따라 다소 허름하게 느껴졌던 바닷가 마을이라도, 담장마다 밑그림을 그리고 채색을 하니 공간적으로 도시의 소중한 일부가 되었다.

골목길에는 삶의 흔적과 애환이 담겨 있다. 여기 신창리 골목길에도 바닷물에 삶을 담그고 사는 아버지들의 모습이 얼비친다. 희붐한 새벽이면 손질한 삭구나 어구를 들고 짙은 해무를 헤치며 발걸음을 내딛는 그들이다. 바다 사나이들의 얼기설기 얽힌 무수한 생활의 편린이 조각보마냥 바느질되어 있기도 하고, 퍼즐 조각처럼 끼워 맞춰져 있는 곳도 있다. 개별적 예술 작품으로 내걸려진 흔적들은 지루하지 않고 인상적이다. 신명난 풍어를 기대하며 바다라는 무대에서 거침없는 만고절창萬古絕唱으로 노래하는 어부들의 가락이 묻어나오는 듯해, 내 온몸이 한순간 감동으로 저릿하다.

휘돌아 거닐던 골목 귀퉁이에서 연탄재를 만난다. 학창 시절의 추억이 한순간 빗장뼈를 곧추세워 펄떡인다. 우리 집은 리어카 한 대 겨우 지나다녔던 골목 어귀에서 단칸방에 딸린 구멍가게를 했다. 내 마음에 다른 것은 몰라도 연탄 파는 것이 부끄러웠다. 아버지는 주인집 허락을 받아 마당에 차곡차곡 연탄을 쟁여 놓고 배달을 했는데, 나는 탄가루가 날리어 마당이 지저분해지고 까매질까 걱정되었다. 주인집에는 나와 동갑인 여자아이가 살고 있었다. 그 아이가 놀릴까봐 신경이 쓰였던 탓이었다.

아버지의 러닝셔츠에 새까만 연탄 가루가 묻히는 것이 못마땅했다. 하얀 와이셔츠를 입고 회사 사무실에서 근무하는 주인집 아저씨와 내 아버지가 비교되어 속상했기 때문이었다. 그러던 어느 날, 우리 가족은 연탄가스에 중독되어 병원으로 실려간 뒤에 생사의 고비를 넘겼다. 그토록 싫다고 했던 연탄이 무서움의 대상이 된 순간이었다. 그러나 부모님이 부지런히 일해도 빠듯하기만 했던 살림살이에 연탄 판매를 그만둘 수 없는 형편이었다. 빠르게 변하는 시간의 눈금 앞, 이렇게 골목길에서 연탄을 마주 대하고 있으니 그때의 열등감과 잊고 싶었던 기억의 한 자락마저도 새삼 그리움으로 다가온다.

담장에 기대어 정물靜物처럼 앉아 있는 늙수그레한 아주머니들과 인사를 나눈다. 테왁을 옆구리에 끼고 푸르스름한 바다를 건져 올리기 위해 바닷속으로 걸어 들어가는 해녀들이다. 자식들을 잘 건사해 보리라는 책임감으로 테왁과 한 몸이 되어 해산물을 잡아 올리는 그들은 순리에 따르는 듯 유순하게 어촌을 지키고 있다.

멸치와 오징어를 말리는 풍경이 눈에 들어온다. 피데기를 사서 씹었더니 입안 가득히 짭조름하고 비릿한 바다 냄새가 풍긴다. 바다의 지문을 온몸으로 기억한 채 말라가는 멸치와 오징어는 어부들의 생활비요, 자식들을 위한 학비다. 후릿그물로 물고기 떼를 훑어도 바다는 아낌없이 자신이 품고 있는 것들을 번번이 내어준다.

해변 끝자락에 있는 일출암으로 발길을 돌린다. 장기천을 따라 내려오는 민물과 바닷물이 만나는 곳으로 생수가 솟아나기에 날물치라고도 불린다. 바위 틈새로 그림자처럼 붙어 자란 소나무들과 그 사이로 떠오르는 해돋이가 장관이어서, 새해 첫날에는 돋을볕을 보며 소원을 빌기 위해 장기면에 있는 사람들이 모두 모인다. 다산 정약용은 장기천 주변의 느릅나무 숲을 거쳐, 일출암 가까이에서 어부들의 고기잡이를 구경했다고 한다. 유배 생활의 비통함과 외로움을 시심詩心으로 달랜 다산의 마음을 느끼려고 눈을 감고 들숨을 크게 쉰다. 한순간, 다산의 시 구절이 갈매기 떼처럼 날아올라 귓가를 맴돈다. 내 마음에 긴 여운이 남는다.

해안 절벽으로 다가간다. 검푸른 동해가 감춰 놓은 연오랑세오녀의 비밀스러운 이야기를 들려주는 듯해 자꾸만 파도소리에 귀를 기울인다. 자진모리와 중모리를 섞은 파도의 리듬이 울림 깊은 화음을 이룬다. 절벽 아래에는 몇몇 낚시꾼이 낚싯대를 드리우고 있다. 중국 주나라 초기의 정치가 태공망이 낚시하며 때를 기다렸듯 그들 또한 기회라는 물고기를 잡으려는 것일까? 기회라는 낱말을 가만히 곱씹어 보니, 벽화마을 또한 기회를 잘 잡은 것 같다. 폐선처럼 낡아가던 도중에 마을 재생이라는 기회를 잡아 화려하게 회생되고 있다.

세상에 존재하는 모든 것들은 관계 지향적이다. 세상을 이끄는 중심이 있다면 묵묵히 자기 자리를 지키는 가장자리가 있다. 도시가 빛나려면 중심인 시내와 가장자리인 장기면이 조화를 이루어야 한다. 임진왜란 때 의병들이 소봉대 앞바다에서 왜적을 물리치고자 결사 항전했던 충절의 전통이 내려오는 곳, 우는 바위 전설이 내려오는 벽화마을의 역사가 소중하게 보존될 때 사람들의 감성은 메마르지 않고 언제까지나 촉촉이 적셔질 수 있으리라.

바다가 내려다보이는 골목길에 다시 선다. 벽화마을로 재탄생되기 전, 한적한 처소였다고는 믿기지 않을 만큼 지금은 여행지로 주목받고 있다. 그것은 신창리가 무관심으로 잊혀가는 것을 안타까워했던 사람들이 과거와 현재를 잇는 소통의 징검돌로 벽화를 이용한 덕분이다. 삶의 다양한 발자취를 감성적으로 느끼길 바라며 회화적으로 풀어놓았기에 수많은 이의 관심을 끌 수 있었다.

방문객들이 내 옆을 스쳐지나간다. 그들의 코발트빛 추억이 물결처럼 살랑거리며 돌아다니는지 여기저기 두런거리는 소리가 들리는 듯하다. 소리들이 시간의 곡선을 따라 둥글게 맴돌다가 양귀비꽃을 피워냈는가. 함초롬히 피어 있는 자태가 눈부시다. 마주보는 인연의 눈빛에 꽃색이 더욱 짙어지는지, 보면 볼수록 붉디붉다.

벽화마을이 내 마음자락으로 옮겨 앉는다. 골목길에 느낌표로 머물고 있으니, 아련한 유년 시절의 기억들이 끊임없이 피어오른다. 그리운 추억은 윤슬이 되어 내 가슴에 잔잔한 감동의 포말을 쉼 없이 일렁인다.

망각된 것은 추억으로 호명할 수 없다. 내 안의 것들이 소멸되지 않도록, 내 기억의 퇴적층에 깃들어져 있는 골목길에 대한 단상을 부여잡은 채 나는 한참 동안 벽화마을을 거닐고 있다.

당신에게 말 걸기

어떤 풍경은 바라보는 사람의 감정 전도율을 높이는 힘이 있습니다. 처음 만난 상대방과 같은 장소에서, 같은 풍경을 바라보는 것만으로도, 마음이 통하는 것 같은 친숙함을 느낀 순간이 한번쯤 있었을 거예요.
당신의 감정 전도율을 높였던, 인상 깊었던 풍경은 무엇입니까?

사랑, 흘러서 깃들다

투덜이 여학생이 긍정적인 소녀로 바뀐 것은

초여름 기운이 완연한 내연산 수목원을 걷는다. 싱그러운 나뭇가지들이 연초록 바람을 일으키며 눈인사를 건넨다. 나뭇잎 속에 담겨 있는 바람의 지문을 열심히 정독하는데, 묘목을 심느라 애썼던 어릴 적 추억이 찰랑거리는 바람결에 실려 온다.

초등학교 5학년 때였다. 집 가까이에 새로 학교가 지어져서 나는 친구들과 그곳으로 등교했다. 전에 다녔던 학교까지는 걸어서 꼬박 한 시간이 걸렸다. 나는 늘 뭉쳐 있던 다리를 만지며, 앞으로 다리 고생은 줄겠구나 싶었다. 하지만 다리 대신 손 고생이 시작되었다. 새로 지은 학교라 운동장에 돌이 많았다. 매주 월요일 조회 때나 체육 시간은 물론, 틈만 나면 돌을 주워 화단 한쪽에 돌무더기를 쌓았다.

그 해 어느 날, 담임 선생님은 우리 반만의 추억 만들기를 하자고 하셨다. 집에서 꽃씨나 묘목을 가지고 오라고 당부하셨다. 친구들 대부분은 구하기 쉬운 꽃씨를 가지고 왔다. 우리 집에는 마침 아버지가 마당에 심으려고 했던 동백나무 묘목이 있었다. 나는 뿌리를 신문지에 둘둘 말고는 비닐봉지에 넣고 조심스레 학교에 들고 갔다. 묘목을 들고 온 아이는 나밖에 없었다.

반 친구들은 나무에 관심을 보였다. 우리들은 나무 심을 장소를 물색하고 학교 창고에서 삽이며 호미를 들고 와서 구덩이를 팠다. 선생님의 지시대로 알맞게 땅을 팠는지 삼십 센티미터 자를 가지고 재어 보는 친구도 있었다. 뿌리가 상하지 않게 흙을 덮고 손으로 발로 다지며 잘 자라기를 빌었다.

추억 만들기는 선생님의 나직한 가르침이었다. 선생님은 평소에 우리가 주워 나른 돌멩이를 가지고 오셨다. 나무와 일정한 간격을 두고 빙 둘러싸면서, 이제 묘목은 작달비에도 끄떡없을 거라고 말씀하셨다. 그동안 쓸모없다고 생각했던 돌들이 고마웠다. 짜증스럽던 돌 줍기가 보람으로 변하는 순간이었다.

돌을 줍는 데에는 또 다른 이유가 있었다. 혹시나 학생들이 운동장에서 놀다가 넘어졌을 때 돌이 있으면 위험하므로 안전을 위한 선생님들의 조치였다. 학교 측은 돌과 시멘트를 섞어 낮은 울타리를 만들기도 했다. 울타리를 둘로 나누어 닭과 토끼를 풀어놓고 키웠다.

선생님은 나에게 이름표를 만들라고 하셨다. 나는 나무 이름과 소망하는 것을 빼곡히 적었다. 내가 만든 이름표를 보고 선생님은 빙그레 웃으셨다.

동백나무가 '내나무' 라고 말씀하시며, 내나무에 얽힌 이야기를 해주셨다.

우리 조상들은 예부터 아이가 태어나면 나무를 심는 풍속이 있었다. 아이를 족보에 올리면서 집 주위나 논두렁에 몇 그루의 나무를 심었다. 딸 앞으로는 오동나무를 심고, 아들을 위해서는 소나무와 잣나무를 심었다. 딸이 커서 시집갈 날을 받으면 그 나무로 장롱을 만들어 주었다. 아들의 경우는 관을 짜는 데 사용되었다.

'내나무, 내나무' 입안에서 굴려보았다. 부를 때마다 동백나무는 소중한 의미로 마음에 담겼다. 날마다 키 재기를 했다. 자주 들여다보며 물을 주고 말을 걸었다. 걱정이 있거나 비밀이 있을 때 친구들 몰래 찾아가 내 속마음을 내비치기도 했다. 그러면 신기하게도 답답했던 머릿속이 홀가분해졌다.

나만의 작은 나무가 있어 생활이 즐거웠다. 학교는 점점 신나는 곳이 되었다. 나는 누구보다 일찍 학교에 갔다. 무릎을 굽히고 내 키를 낮춰 악수하듯 이슬 맺힌 동백나무를 살며시 잡으며 속삭였다. 꽃망울을 맺어주어 고맙다고.

시간이 흘러 꽃송이가 붉게 터졌다. 꽃봉오리에 코를 박고 향기를 맡으면 가슴이 찌르르 떨렸다. 지금 생각해도 그때의 감동이 전해지는 것만 같아 기분이 벅차다. 투덜이 여학생이 긍정적인 소녀로 바뀐 것은 모두 내나무 덕분이었다.

나무 계단을 올라 수목원 전망대에 오른다. 드넓게 펼쳐진 숲이 바다가 되어 일렁인다. 초록 물결이 출렁대자 어릴 적 교정에 심었던 내나무가 떠밀려와 품에 안긴다. 동백나무와의 추억이 여물어 간다.

당신에게 말 걸기

1990년 개봉한 로빈 윌리엄스 주연의 「죽은 시인의 사회」에서 키팅 선생님은 이렇게 말합니다.

> 나는 독특하다는 것을 믿어라. 누구나 몰려가는 줄에 설 필요는 없다. 자신만의 걸음으로 자기 길을 가거라.

학교나 사회, 가정 등속에서 당신이 진정한 멘토라고 느낀 사람이 있나요?

쪽빛 바다에 스며있는 삶의 편린

해녀의 움직임에 구룡포 바다가 출렁인다. 혼자서 물질하는 헛무레 작업이다. 망사리 가득 푸르스름한 바다를 건져 올리기 위해 이른 아침부터 테왁을 안고 물속으로 들어간다. 일정을 정해 여럿이서 물질하는 대조문이 아닌데도, 몸이 아픈데도, 한가로이 쉴 수 없는 것이 해녀다. 식구들의 허기를 달래주기 위해 자신의 숨을 담보로 해산물을 잡아 올리는 것이리라. 삶의 터전을 지키려는 책임감과 안간힘이 느껴진다.

해수면은 이정표도 없고 노선도 그어지지 않았다. 하지만 해녀는 자신만의 바닷길을 만들며 아득하고 깊은 물속으로 나아간다. 해녀의 바닷길은 자신이 오롯이 개척해야 하는 그녀의 몫이다. 해녀의 뒤를 따라 얕은 물이랑이 윤슬에 반짝거린다.

나는 해녀가 피사체인 풍경을 응시하며 재빨리 사진을 찍는다. 순간을 흘려버리지 않고 사진으로 남긴다는 것은 개인의 역사를 사실적으로 기록하는 일이다. 그 사진 속에 세월이 지나면 잊혀지기 쉬운 현재의 시간과 공간을 영원히 박제하는 것이기 때문이다.

한참을 있었는가. 해녀가 물 밖으로 걸어 나온다. 바다와 육지의 경계인 해안선을 밟는 그녀의 몸에 햇살이 업혀 눈이 부시다. 고기잡이배의 만선을 기원하듯 망사리 빼곡하게 어물을 채워 나오기를 기대했지만 홀쭉하다. 내가 해녀에게 망사리가 홀쭉하다고 하니,

"작업량에 욕심내지 않고 나왔다 안 카나. 집에 가서 집안일 잠깐하고 물살이 잠잠해지면 다시 들어가 봐야지."라고 말한다.

겉으로 보기에는 잔잔한 해수면이라도 물속은 거칠었나 보다. 물속에 해산물이 많아도 파도가 화를 낸다고 생각하면 수심바리를 포기하고 나온다. 숨을 놓쳐 목숨을 잃으면 아무 소용이 없기 때문이다. 작업량에 욕심 내지 않고 물살의 기분을 감각적으로 느끼는 것은 오랜 해녀 생활로 체득한 결과물이다.

해녀는 중용의 시중지도時中之道를 가장 잘 따르는 사람들이 아닐까? 예부터 사람은 때를 잘 알아야 한다고 했다. 때와 상황에 맞춰 행동을 결정한다는 것은 해녀에게 아주 중요한 일이다. 깊은 바다에 잠수하는 일은 내가 들어가고 싶다고 아무 때나 들어갈 수 있는 일이 아닐 것이다. 물질을 나가기 위해 물때를 살피고, 하늘의 날씨를 살피며, 바다자원이 고갈되는 것을 막기 위해 해산물의 산란기를 살핀다.

내가 해녀에게 돌미역을 구할 수 있느냐고, 묻는다. 그랬더니 자기를

따라오라고 앞장선다. 마침 상품으로 만들어 놓은 미역이 있다고 한다. 해녀의 한 해 작업은 봄철 미역 채취로 시작한다. 미역돌을 향해 두릉박을 밀며 가서 보면 미역들이 묵직하게 달려있단다. 바닷속에 잠겨 있기 일쑤인 미역돌에 붙어 있는 미역 줄기를 끊기 위해서는 수도 없이 잠수해야 하는데, 숨을 참고 미역 한 다발이라도 더 얻기 위해 물속을 오르내리는 해녀다.

최상품의 미역을 얻기 위해서는 좋은 미역돌이 있어야 한다. 관리를 잘한 미역돌에서 채취한 미역은 상인들에게 후한 대접을 받기 때문이다. 해녀처럼 구룡포가 친정인 지인의 어머니께서도 미역돌을 내 몸같이 지키고 돌보셨다. 예전에 미역돌은 논밭보다 비싸게 매매가 되었는데, 바닷가에 산다고 무조건 살 수 있는 것이 아니었다. 겨울이 지나고 호미곶 구만리 보리밭에 초록이 일렁이면 집집이 돈이 말라버리고 없었단다. 보리가 익지 않아 내다 팔 것이 없을 때 미역은 돈이 되고 쌀이 되었기에, 미역돌의 소유는 값진 것이었다.

해녀는 빨랫줄에 물질할 때 입었던 옷을 걸어놓는다. 망사리는 담에 걸치고 자신의 손에 익은 꼭기와 바드레는 바구니에 담는다. 그 모습이 역동적이다. 아침나절 물질했던 경험을 나와 공유하는 그녀의 왁자지껄한 입담이 섞여 집이 들썩거린다.

해녀는 돌미역을 나의 손에 들려준다. 자신이 말린 가자미를 덤으로 얹어 정情과 함께 건넨다. 문득 쪽빛 바다에 스며들어 있던 해녀 삶의 편린도 바닷바람에 실려 나에게 건너오는 것 같다.

나는 해녀의 온기와 생기를 내 마음속에 한 장의 사진으로 남긴다.

당신에게 말 걸기

시인 이병률의 여행 에세이 『끌림』에는 예순일곱 개의 이야기와 사진으로 가득 차 있습니다. 길 위에서 만난 사람과 삶, 사랑을 글로 썼는데, 저는 사진을 보면서 문장을 음미하니 작가와 여행지를 동행하고 있다는 현장감이 들어 자주설렜습니다.
사진은 개인의 기억이나 정서를 불러내는 촉매제 역할을 할 때가 종종 있습니다. 당신에게 인상 깊었던 사진 한 장 가지고 계신가요?

흔들리지 않아야 되는 것들

제주도 아르떼뮤지엄에서 거장들의 작품을 미디어 아트로 만났다. 명화를 담은 빛의 정원에서는 르네상스부터 상징주의까지 서양 미술사를 대표하는 화가들의 그림을 만날 수 있었다. 미켈란젤로, 모네, 피카소, 클림트 등속의 작품들이 벽면 가득 펼쳐질 때마다 내 몸의 세포 인자들은 감동으로 소용돌이쳤다.

설렘의 순간을 잃어버리고 싶지 않아 사진을 찍었다. 고흐의 「별이 빛나는 밤」의 그림이 천장까지 펼쳐질 때에는 사이프러스나무 옆에 기대어 사진을 찍었다. 여행의 흔적을 고스란히 사진으로 담았다.

집으로 돌아와 사진을 보았다. 고흐의 그림들을 살펴보는데 문득 전시관에서 만나지 못했던 화가의 다른 작품이 떠올랐다. 「감자 먹는 사람들」이 연상되면서, 자연스레 고흐가 동생 테오에게 썼던 편지도 생각났다. 고흐는 동생의 생일에 맞추어 「감자 먹는 사람들」을 보내고 싶었지만, 마무리를 못했다는 말을 서두로 자신의 예술관을 적었다.

나 또한 물질적 어려움에 주춤하기도 하겠지만, 그것에 무너져 파묻혀 있을 수는 없을 거야.

나는 이 문장에서 목울대가 울컥하고 가슴이 먹먹해졌다. 고흐는 살면서 끊임없이 선택의 기로에 직면했을 텐데도 가난에 흔들리지 않고 자신만의 독특한 예술 세계를 구축했다.

산다는 것은 어쩌면 평생 흔들리며 사는 것임에랴. 깃발도 바람에 흔들리지 않으면 깃발이라 할 수 없고, 나무도 바람에 흔들려야 땅을 움켜잡고 안정적으로 뿌리내린다고 했다. 우리네 삶도 환경에 무수히 흔들리면서 중심을 잡고 살아간다. 그러나 인생을 '나답게' 살기 위해서 흔들리지 않는 것을 한두 개쯤 가지고 있어도 좋을 성싶다. 고흐의 예술적 신념이나 학생들의 공부 습관처럼 흔들리지 않는 것들로 개인의 내면은 단단하게 여물고 성장하리라.

학생들의 성장에 도움을 주는 것으로 도서관이 있다. 도서관은 초등학생들의 방학이 시작되면 특강 준비로 분주해진다. 우리 아이들이 방학을 보람되게 보낼 수 있도록 강의를 기획하는 것이다. 특강은 차시별로 관련 책을 읽고 주제와 연계한 다양한 글쓰기 독후 활동 및 북아트 활동으로 이루어진다. 프로그램은 학부모들로부터 어린이들의 창의력을 키워 주고 다양한 영역으로 사고력을 확장시켜 준다는 긍정적인 반응을 얻는다.

그런 의미로 도서관 운영 원칙은 흔들리지 않아야 한다. 그러나 포스트 코로나 시대를 맞아 시행된 사회적 거리두기 등속의 방역 조치로 대면 수업으로 진행되던 강좌들이 열리지 못할 뻔했다. 다행스럽게도 도서관 관계자들은 집에서도 안전하고 즐거운 독서 생활을 할 수 있도록 학생들에게 비대면 강의를 제공했다. 그로 인해 오랫동안 도서관에서 강의를 해 오던 내 삶의 조각들도 흔들리지 않게 되었다.

온라인 쌍방향 수업을 할 때였다. 학생들은 어색함도 없이 눈빛을 반짝이며 수업에 집중했다. 나는 심훈의 『상록수』 한 대목이 떠올랐다. 일제의 압박으로 학생 인원을 줄여야 했던 영신의 안타까움이 담겨 있는 장면이었다. 배우고 싶어도 쫓겨나야 했던 학생들의 서러움이 고스란히 느껴진 문장이었다.

누구든지 학교에 오너라. 배우고야 무슨 일이든지 한다.

나무에 오르고 담에 매달려서도 배우고자 했던 아이들의 얼굴과 코로나 팬데믹으로 외출이 힘들지만 비대면 도서관 수업에 열의를 다하는 학생들의 얼굴이 겹쳐졌다. 고마웠다. 지금도 그때 학생들의 얼굴을 떠올리면 주인공 영신처럼 콧마루가 시큰해진다.

올해도 도서관의 원칙은 흔들리지 않았다. 어린이들이 인문학에 친숙하게 다가갈 수 있도록 매개체가 되고 싶다는 내 꿈도 흔들리지 않고 유지되었다. 독서의 궁극적인 목적은 행복한 삶을 영위하는 것이라고 생각한다. 어린이들이 책을 통해 다양한 간접 경험을 쌓으며 세상과 소통했으면 좋겠다. 그 따뜻한 여정에서 학생들이 흔들리지 않고 꿈과 희망을 노래하기를 소망해 본다.

당신에게 말 걸기

고대 그리스에서는 도서관을 '영혼을 치유하는 장소'라고 불렀습니다. 책을 읽고 난 뒤, 삶에서 일어나는 문제를 인식하고 긍정적으로 해결한다면 몸과 마음이 치유받을 수 있다는 의미인 것 같습니다.
당신만의 치유 장소가 있나요?

노쇠하지도 않고
사멸되지도 않는 소리

호각을 분다. 호각은 한 음높이만 낼지라도 엄연한 악기다. 원시사회에서는 새의 뼈로 만든 플루트의 원조 격인 호각을 음악에 사용했다.

나는 숨을 천천히 내뱉으며 호각 소리를 길게 뽑는다. 소리의 여리고 긴 여음을 쫓아 마음은 벌써 친정아버지를 향해 달음박질한다. 사물은 사연이 담기는 순간 누군가에게 특별한 의미가 된다. 지금 내가 불고 있는 호각은 아버지가 사용했던 것이다. 교통경찰로 오랫동안 근무하셨기에 아버지의 일상에서 호각은 꼭 필요한 존재였다.

유품인 호각에는 아버지의 내력이 담겨 있다. 나는 가끔 호각을 불며 아버지에 대한 그리움의 음역대를 넓힌다. 아버지의 모든 것을 화장시켜 대전 현충원에 모셨으나, 정겨운 소리만은 호각을 불 때마다 복원된

듯 내 가슴을 적신다. 산 자와 죽은 자의 추억을 재현하는데 소리만큼 적임자가 따로 있으랴. 호각을 불 때면 소리가 눈물로 맺혀 생전의 아버지 음성과 함께 부지불식간에 흘러내리기도 한다.

소리는 노쇠하지도 않고 사멸되지도 않는다. 그런 연유로 마치 자침磁針이 북쪽으로 일관되게 향하듯 아버지의 목소리가 듣고 싶을 때면 스테인리스 호각을 불며 그 속에 있는 작은 알갱이를 움직인다. 플루트나 클라리넷처럼 입으로 불면서 다양한 음을 내는 악기와는 달리 한 음밖에 낼 수 없는 호각의 단조로움을 알갱이가 공기 진동을 방해함으로써 음량이 줄었다 커졌다 하여 소리를 낸다. 마치 추억의 농도를 조절하여 내 마음에 아로새겨지듯 파장을 일으킨다.

호각은 예전부터 신호용으로 더 많이 쓰였다. 조선 시대에 전쟁이 나면 장대에 올라가서 호각을 불어 군사를 모아 싸웠다는 문헌을 본 적이 있다. 요즘은 운동 경기에서 심판이 사용하기도 하고, 교통이 혼잡한 곳에서 안전을 책임지기도 한다.

포항 해병대축제에 갔다가 호각 소리를 들었다. 인파가 교차로에 쏟아져 혼잡이 가중되자, 교통정리를 위해 경찰이 호각으로 신호를 보내고 있었다. 사람의 안전이 호각 소리에 달린 것만 같아 고맙게 느껴졌던 그 순간, 친정아버지의 모습이 겹쳐졌다.

내 유년 시절, 아버지는 방 한 칸 달린 구멍가게에서 새벽까지 장사를 했다. 그러면서도 틈틈이 경찰 시험공부를 했다. 몸이 고단했지만 목에 감긴 땀수건을 풀어 닦으며 이를 악물고 스스로를 다독였다고 했다. 등짐을 내려놓고 싶은 매 순간마다 자식을 보며 인생의 아슬아슬한 외줄

타기에도 언젠가는 활짝 웃는 날이 오겠지, 꿈꾸었으리라. 드디어 시험에 합격한 아버지는 새로운 일터에서 삶을 시작했다. 경찰 제복을 입고 호각을 챙겼다.

세상은 악음樂音과 소음이 공존하는 곳이다. 복잡한 도로 위 불협화음이 나뒹구는 장소에는 어김없이 아버지의 호각이 제 목소리를 내었을 터이다. 사람이나 사물들이 내는 최저음과 최고음 사이에서 애오라지 한 음이지만 최선을 다해 내지르는 소리에, 우리들은 집중할 때가 많다. 우왕좌왕하지 않고 그 신호에 맞추려고 눈길을 모으고 귀를 기울인다.

우리네 삶은 어쩌면 세상이라는 관현악단의 단원으로 사는 것일지도 모른다. 타인의 소리와 주변 사물의 소리에 귀를 기울여 조화로운 삶을 살고자 노력하는 것임에랴. 또한 태어나서 죽음에 이르는 순간까지 자신만의 고유한 소리 하나를 남기기 위해 애쓰며 살고 있는 것 같다. 훌륭한 작곡가가 남긴 교향곡을 세련되게 연주하지는 못해도, 내가 발 딛고 서 있는 하늘 아래에서 나만의 소박한 소리의 초석을 다질 수 있다면 만족하겠다.

몇 해 전, 남편이 클라리넷을 배우기 시작했다. 일주일에 한 번 문화센터에 가서 어린 학생들 틈바구니에 끼여 열심히 노력했다. 클라리넷은 취구에 고정되어 있는 리드를 진동시키기 위해 바람을 불어 넣어야 한다. 여러 번 되풀이하다 보면 입술이 아프고 물집이 생길 때도 있다. 무리하게 연습한다 싶더니, 급기야 입술이 퉁퉁 부풀었다. 악기 배우는 것을 포기하나 싶었다. 하지만 참고 꾸준히 연습해야 세 남매 결혼식 때 가슴을 적시는 클라리넷 곡을 멋지게 연주할 것 아니냐며 다부진 표정을 지었다.

남편이 진지하게 연습할 때 나는 옆에서 가끔 호각을 분다. 집중력이 흐트러진다고 남편이 손사래를 치면, 호각도 악기라며 꿋꿋이 버틴다. 진정한 고수는 연주할 때 환경을 탓하지 말아야 한다며 괜스레 으름장도 놓는다. 이런 내 모습에 화를 내기는커녕 남편은 잠깐 쉬어야겠다며 휴식 시간을 갖는다.

삶은 매끄러운 화음을 만들어 놓아도 수시로 삑 소리를 내며 튈 수 있다. 그런 순간일수록 더욱더 여유를 갖고 가정이라는 심포니의 합주를 위해 부부가 서로 각자의 개별적 소리를 조율하고 소통하고자 노력한다면 의미가 있을 것이다.

오늘도 남편과 함께 내 머릿속 걱정 주름들을 달래고 보듬는다. 일상의 고단함으로 인해 뾰족하게 튀어나온 음정과 끊어진 음계 같은 내 마음이 오선지 위에서 가지런히 제자리를 찾아가는 것 같다. 그 위에 차분하게 나만의 음색을 입혀 본다. 먼 훗날, 식구들의 심금을 울리는 소나타 선율을 한 번이라도 제대로 연주할 수 있기를 바라며.

친정아버지는 호각을 불면서 온갖 상념을 잊었을 수도 있다. 시대에 발맞춰 살면서 들을 수밖에 없었던 온갖 소음을 때때로 단호하게 호각 소리로 정리했으리라. 또한 지난한 가정생활에서 호각 소리를 음미하며, 가족들을 위한 푸른 희망의 음색을 덧입혔는지도 모를 일이다. 생전에 아버지의 마음자리를 더듬으며 호각의 음音 길이 지나다녔던 자리를 더듬어 찾듯 찬찬히 연주한다. 한 음 한 음 정성을 다한다면 언젠가는 세상과의 편안한 합주가 되겠지.

천으로 호각을 문지르니 윤슬이 맺힌다. 내식성 강철이라 녹이 잘 슬지는 않겠지만 꼼꼼히 면봉으로 취구도 닦아낸다. 유년 시절, 내가 호각을 휘파람처럼 불 때 환하게 웃으시던 아버지의 모습이 떠오른다. 다정한 추억 조각들이 호각 소리를 따라 변주되어 흐르다가, 시나브로 내 가슴에 스며든다.

당신에게 말 걸기

필립 느와레 주연의 「일 포스티노」에서 우편배달부 마리오는 시인 파블로 네루다를 위해 소리를 녹음해 줍니다.

1번 작은 파도
2번 큰 파도
3번 절벽을 쓰다듬는 바람 소리
4번 나뭇가지에 부는 바람 소리
5번 아버지의 서글픈 그물
6번 신부님이 치시는 교회의 종소리
7번 밤하늘에 반짝이는 별
8번 뱃속에 있는 파블리토의 심장소리

당신이 좋아하는 소리는 무엇인가요?

사랑의 가치를 가늠하다

어제는 아침부터 온종일 여름비가 내렸다. 거실 창문에 빗물이 고여 있는 것을 기회로 삼아 모처럼 창틀에 쌓인 먼지를 닦으려고 했다. 그런데 창문을 열다가 매미 한 마리가 방충망에 달라붙어 있는 모습을 보고 깜짝 놀랐다.

아파트 16층은 웬만한 나무 우듬지보다 훨씬 높다. 이곳에서 만난 매미는 반가움을 넘어 뜻밖이었다. 줄기차게 내리는 비에 매미 날개가 젖을까봐 신경이 쓰였다. 제비가 처마 밑에서 비를 피하듯 다행히 빗물이 들이치지 않는 장소에 본능적으로 몸을 의지하고 있는 것이 보였다. 무척 대견스러웠다.

방문객의 흔적을 사진으로 남기려고 손전화를 찾았다. 나 혼자 호들갑을 떨다가 결국 방충망을 건드렸다. 놀란 매미는 뒤도 안 돌아보고 건너편으로 날아갔다. 매미가 조용히 쉴 수 있게 혼자 둘 것을. 매미 사진을 들여다보며 아쉬움을 달랬다.

하루가 지난 오늘은 햇볕이 쨍쨍한 날이다. 전형적인 한여름 날씨를 보여 주려는 듯 후텁지근한 오후다. 갑자기 매미 울음소리가 수직으로 치솟는가 싶더니, 수평으로 늪기를 반복한다. 밀도 높은 울림소리의 방출이 계절을 알리는 전령사답다. 유달리 내 귀를 자극하는 커다란 소리에 혹시나 하고 작은방 창문을 올려다본다.

매미가 방충망에 붙어 자신의 존재를 우렁차게 알린다. 어제 우리 집에 방문했던 그 매미인가 싶어 반가운 마음에 사진을 찍으면서 자세히 살펴본다. 몸매가 좀더 통통한 것 같기도 하고, 다리가 좀더 가느다랗게 긴 것 같기도 하다. 아무려면 어떤가, 연일 찾아와 일생의 편린 중에 하나를 나에게 펼쳐 보인다고 생각하니 매미가 정겹다.

한편으로는 걱정이 앞선다. 매미는 대략 7년간의 땅속 생활을 마치고 일주일 정도를 땅 위에서 살다가 삶을 마친다고 들었다. 수컷 매미는 살아 있는 동안 구애를 하기 위해 배 안쪽에 있는 울림주머니를 맹렬하게 빨리 움직이는 것일 텐데, 암컷 매미가 있는 곳으로 날아가지 않고 방향을 잘못 잡아 우리 집에 온 것은 아닌지 안쓰럽다.

소리가 몸피를 뚫고 나올 정도로 크게 울리는 매미일수록 암컷에게 인기가 많다고 한다. 방을 뒤흔드는 소리로 짐작하건데 필히 울음통이 커서 매미들에게는 매력적일 것 같다. 얼른 자기 짝을 만나면 좋으련만. 사랑을 찾지 못하고 애타게 울고 있는 매미를 응시하다 보니, 사랑에 버림받아 매미가 된 트로이 왕자 티토노스가 불현듯 떠오른다.

새벽의 여신 에오스는 잘생긴 티토노스를 보자마자 한눈에 반했다. 그를 에티오피아에 있는 자신의 궁전으로 데려가 두 아들을 낳고 행복하게 살았다. 그런데 에오스는 인간인 남편이 언젠가 죽음을 맞이한다는 사실을 걱정했다. 제우스를 찾아가 티토노스를 불사不死의 몸으로 만들어 달라고 간청했다. 제우스는 에오스의 부탁을 들어주어 영원히 죽지 않게 만들었지만, 안타깝게도 늙지 않는 불로不老의 몸은 주지 않았다고 한다.

에오스의 사랑은 점점 식어갔다. 티토노스의 머리카락이 하얗게 세고 피부가 주름투성이로 변하자, 그를 궁전의 구석방에 가두고 문을 잠가 버렸다. 티토노스의 몸은 슬프게도 점점 쪼그라져 작아지더니 결국에는 요람에 눕게 되었다. 그러던 어느 날 제우스는 티토노스를 불쌍히 여겨 매미로 바꾸어 버렸다고 한다. 매미는 벽에 붙어 에오스를 애타게 부르며 울고 있었다는 비극적인 그리스 신화다.

어떻게 사랑이 변하니?

영화 「봄날은 간다」의 대사로 인해 한동안 내 가슴이 먹먹했다. 그때처럼 에오스의 변해버린 사랑 때문에 매미로 변한 티토노스의 이야기는 지고지순한 사랑의 영원성을 믿고 싶은 나를 절망스럽게 만든다.

요즘은 변화에 빠르게 적응하는 사람이 칭찬받는 세상이다. 그러나 생명 있는 모든 것들의 사랑만은 변덕을 부리지 않고 영속성을 유지하면 좋으련만. 우리 집을 찾아온 매미도 서둘러 사랑을 찾아 결실을 맺고 난 뒤, 의미 있는 삶을 살았다고 자신의 일대기에 한 줄 적기를 바란다.

매미를 관조하며 사랑의 가치를 가늠해 본 시간이다.

당신에게 말 걸기

소설가 김애란의 산문집 『 잊기 좋은 이름 』 중에서 당신에게 들려주고 싶은 내용을 발췌했습니다.

> 그러니 만일 제가 그때로 돌아간다면 어린 제게 이런 말을 해주고 싶습 니다. 지금 네가 있는 공간을, 그리고 네 앞에 있는 사람을 잘 봐두라고, 조금 더 오래 보고, 조금 더 자세히 봐두라고, 그 풍경은 앞으로 다시 못 볼 풍경이고, 곧 사라질 모습이니 눈과 마음에 잘 담아두라 얘기해주고 싶습니다. 같은 공간에서 같은 사람을 만난대도 복원할 수 없는 당대의 공기와 감촉이 있다는 걸 알려주고 싶습니다. 하지만 철없는 저는 못 알아들을 테고 앞으로도 같은 실수를 반복하며 살아가게 되겠지요.

제가 느꼈던 문장의 울림이 지금 당신에게도 전해지나요?

복숭아나무로 남은 할머니

우리 집 복숭아나무는 할머니의 내력을 품고 산다. 손을 뻗어 가만히 수피를 쓰다듬으면 내가 굳이 애쓰지 않아도 기억 회로가 분주하게 움직이며 할머니와의 추억 조각들을 찾아내 이미지로 생생하게 보여준다.

할머니는 돌아가시기 얼마 전에 안타깝게도 치매에 걸리셨다. 가족들은 집안 형편상 여든아홉의 할머니를 요양 병원에 모셨다. 그런데 할머니께서 자주 내 이름을 부르며 찾는다는 말을 집안 어른들께 전해 들었다. 딸도 아니고 며느리도 아닌, 못난 손녀를 보고 싶어 한다는 말에 가슴이 내려앉으며 눈자위가 뜨거워졌다.

결혼하기 전에 한동안 할머니와 단둘이 살았다. 할머니의 많은 기억이 파도에 모래성이 쓸려나가듯 희미해져 가는데도, 손녀에 대한 감정만은 의식의 흐름과는 상관없이 애틋함으로 남아 있었던 것일까. 나와의 추억이 하나의 정지된 장면처럼 할머니 뇌에 자리 잡았을 수도 있다고 생각하니, 온몸에 통증이 밀려왔다. 아직 하고픈 말들이 가없이 많았다. 더 늦기 전에 지나간 이야기를 할머니 품에 안겨드리고 싶어 서둘러 병원으로 발걸음을 재촉했다.

할머니의 눈 주변 피부가 짓물러 붙어 있었기에 나를 볼 수 없었다. 나는 연신 눈물을 훔치면서 어디 불편한 곳이 있는지, 무엇을 드시고 싶은지, 할머니에게 계속 말을 붙였다. 내 목소리를 알아들었는지 할머니는 한쪽 손을 허공에 힘없이 내저었다. 나는 얼른 손을 잡고 할머니 얼굴에 내 얼굴을 비볐다. 그 순간 할머니는 띄엄띄엄 말했다.

"복, 숭, 아, 먹, 고, 잡, 다."

돌아가신 날이 음력 6월 25일이니, 병원에 계실 때는 복숭아가 제철이었다. 그러나 할머니가 먹고 싶었던 것은 우리 집 나무에 매달린 복숭아였다.

할머니는 띄엄띄엄 남은 대여섯 개의 이빨 대신 잇몸을 이용해 음식을 먹었다. 그런 탓에 음식이 대개 무른 것으로 정해져 있어, 평소에 기운이 달린다는 말을 자주 했다. 여름철에 먹는 복숭아는 씹기 편하면서 원기 회복에 좋은 일석이조의 영양식이었다.

할머니는 육 남매 중 세 명의 자식을 먼저 앞세웠다. 세 분 모두 단명하셨다. 맏이는 이십 대에 전쟁터에서, 둘째는 삼십 대에 병으로, 내 아버지는 사십 대에 교통사고로 돌아가셨다. 할머니는 슬픔을 받아들이고 현실을 마주할 용기를 잃어갔다. 조그만 체구에 죄책감이라는 단어를 업고 살기에 꼬부랑 할매가 되었다고 입버릇처럼 말했다.

연세가 많아지면서 점점 바깥출입을 줄였다. 자식들의 수명을 자신이 이어받아 오래 산다고, 이웃들이 수군댄다고 했다. 아무도 그런 말을 하지 않는다고 해도, 본인 스스로 마음의 빗장을 단단히 걸었다. 아들들을 생각하면 죽어서도 조상 뵐 면목이 없다며 가슴을 쥐어뜯는 날이 많았다.

자식들의 죽음은 아무리 숨기고 싶고, 가리고 싶어도 되지 않는 것이었다. 원망할 대상이라도 존재한다면 후회하더라도 속 시원하게 욕이라도 한바탕 퍼부을 텐데. 자식들의 부재가 주는 상실감을 가슴으로 삭이니 몸져눕는 날이 늘었다.

할머니는 남은 자식들만이라도 어떻게든 지키고 싶어 했다. 내 아버지가 돌아가신 해 늦은 가을이었다. 할머니는 텃밭 언저리에 몇 그루의 복숭아나무를 심었다. 얇게 판 구덩이에 나무를 심고 밟아 다지면서 정성껏 심었다. 물이 잘 빠질 수 있도록 물길 잡는 일에도 몰두했다. 할머니가 무언가에 집중하는 것을 보면서, 내면의 상처를 씻을 수 있다면 다행이라고 생각했다.

이듬해 봄, 싱그러운 잎들이 초록 바람을 기분 좋게 만들던 오후였다. 할머니와 나는 다른 나뭇가지 위로 치솟으며 지나치게 잘 자란 가지를 솎아 잘랐다. 그때 할머니는 불쑥 내뱉었다.

“이게 서왕모의 불로장생 복숭아여.”

사람의 목숨은 하늘이 관장하니 본인 뜻대로 할 수 없으나, 그렇다고 순응만 할 수 없는 노릇이니 자식들에게 복숭아라도 먹이겠다는 뜻이었다. 옛날 중국의 동방삭東方朔이 불사약인 곤륜산 반도원의 복숭아를 먹고 삼천갑자三千甲子를 살았다고 했다. 그 전설 때문에 할머니는 자손들에게 복숭아를 먹이며 무병장수를 염원했다.

할머니는 틈만 나면 나무를 찾아갔다. 어느 때부터는 이른 새벽, 얼레빗으로 머릿결을 매만진 다음 옷차림을 단정히 하고서는 물 한 대접을 나무 아래에 떠놓았다. 식구들이 건강하게 오래 살기를 빌고 열매가 잘 여물기를 기원했다.

그런 할머니에게 속절없는 행동, 부질없는 믿음이라고 말할 수 없었다. 마른 풀꽃처럼 바스러질 것 같은 할머니에게 그것은 사는 이유, 살아갈 힘이었기 때문이다.

병원을 나와 복숭아나무에게로 향했다. 복숭아는 물론이고 즙을 내어 단 몇 방울이라도 할머니가 드시고 기운을 차릴 수 있게 하고 싶었다. 하지만 할머니는 복숭아밭이 내려다보이는 선산에 묻히는 것으로 내 바람을 대신했다.

시나브로, 내가 생각하지도 못했고 알지도 못했던 사이에 할머니는 내 마음 밭에 한 그루 복숭아나무로 부활했다. 보고 싶어 하는 마음을 잃지 않는다면 할머니는 잎이 무성한 나무로 내 곁에 오래 살아 계실 것이다.

당신에게 말 걸기

정신분석학자인 프로이트는 모더니즘 소설의 기법인 '의식의 흐름'에 영향을 주었습니다. 내적 고백은 의식적으로 통제된 생각이어서 문법과 일관성, 논리성을 갖추어야 하지만, 의식의 흐름은 무의식적으로연상되는 생각이나 기억, 느낌을 가감 없이 서술하는 기법입니다.

저는 가끔 자아가 혼란스럽다고 느낄 때, '의식의 흐름' 기법에 따라 정제되지 않은 내면을 표현합니다. 그러고 나면 억제되었던 감정이 풀리면서 심신이 편안해지기도 하죠. 오늘 당신도 의식의 흐름에 따라 글을 써 보는 것은 어떨까요?

살면서 누군가에게 의미 있는

태풍이 지나간 해안가는 어수선하다. 잔해가 여기저기 쌓여 있어 한바탕 소란을 피웠던 거센 비바람의 힘을 엿볼 수 있다. 하지만 해수면은 지난밤에 찾아왔던 폭풍이 무색하리만치 평온하다.

비바람과 씨줄날줄 설피창이로 엮였던 그 많던 빗방울은 다 어디로 숨어버렸을까. 물의 윤회 속에서 어쩌면 지금 내가 바라보는 호미곶 바닷물로 거듭 되풀이되었을 수도 있으리라.

빗물에 사라진 길의 경계를 더듬어 걷다가 등대박물관에 다다른다. 그곳에서 짭조름한 바닷바람에 젖어 있는 등대를 만난다. 호미곶 등대는 1908년 12월에 점등되었다. 등탑은 철근을 사용하지 않고 벽돌만으로 쌓은 팔각형으로, 18세기 중반 르네상스식 건축물이다.

포항에 살면서 등대를 자주 찾아간다. 무미건조한 현실에서 바다는 늘 동경의 대상이다. 등대는 삶이라는 고해에서 희망의 해원을 향해 불빛을 비추는 이상향의 손짓이다.

20년 전, 등탑 내부의 108계단을 올라갈 때였다. 어린 아들의 손을 잡고 조심스레 발걸음을 옮기는 내 눈에 조각꽃이 들어왔다. 각 층의 천장에는 대한제국 황실을 표상하는 오얏꽃(자두꽃) 문양(李花紋)이 돋을새김 되어 있었는데, 과거와 현재를 넘나들며 역사 속의 한 시절과 인연이 맞닿는 것 같아 가슴이 벅찼다.

저녁 6시 50분, 땅거미가 물안개 퍼지듯 내려앉기 시작한다. 때마침 등대 우듬지인 등명실의 회전식 등명기에서 레이저 빔을 360도 돌며 쏘듯 백색 불빛이 뻗어 나온다. 먼바다를 바라보니, 집어등 불빛으로 흘수선이 환해진 고기잡이배가 섬처럼 보인다.

저 오징어잡이 채낚기선에게 등대는 배를 안전하게 항구로 안내하는 구원자다. 등대가 가장 속상할 때는 어선들이 어장으로 떠나지 않고 포구에 닻을 내린 채 떠 있는 모습을 바라볼 때가 아닐까? 자신을 믿고 캄캄한 망망대해를 거침없이 항해하는 배를 볼 때 가슴은 충만감으로 가득 찰 것이다.

등대의 불빛은 선박에게 희망의 빛이요 구원의 빛이다. 어선들의 안전을 걱정하며 부지런히 빛으로 타전打電을 부치면, 그 불빛을 보고 멀리 고기잡이를 떠났던 배가 항구로 줄지어 돌아왔다. 가족을 위해 바다와 사투를 벌이고 돌아오는 피로한 어부들을 위로하듯 불빛은 포근하고 따스했다.

등대를 볼 때마다 돌아가신 아버님이 떠오른다. 예전에 아버님을 모시고 등대에 불이 켜지는 풍경을 자주 감상했다. 젊은 시절부터 아버님의 삶에는 무시로 태풍이 불었다고 들었다. 세상 바람은 모두 몰려와 아버님의 삶을 흔들고 다녔다. 큰집 형수님이 돌아가시면서 부탁한 조카 다섯과 당신의 자식 넷까지 건사하느라 생활에는 늘 짙은 해무가 끼였다.

산골짜기의 급류도 종착지인 바다에 다다르면 잔잔한 법이다. 그러나 아버님의 시련은 끝이 없었다. 이제껏 굴곡진 생활을 견뎠으니 남은 생은 완만하게 흐를 일만 남은 줄 알았다. 그런데 한동안 편찮으셨던 아버님이 병원 검사를 받은 결과, 담낭암으로 시한부 선고를 받았다. 투병 생활을 하는 동안 아버님은 마치 오래되어 기능이 멈춰 버린 등대처럼 보였다.

아버님은 한때, 가족의 든든한 등대였다. 자식들이 믿고 의지할 수 있었던 정신적 등대였다. 잦은 포말을 만들며 바다가 울어도 어부들은 항해한다. 마음이 온통 슬픔으로 쟁여 있어도 아버지라는 이름의 어부들은 바다로 나간다. 그들이 갯내음 비릿하게 풍기는 바다로 나갈 수 있었던 까닭은 등대가 집으로 오는 길을 변함없이 비춰줄 것이라는 믿음 때문이었다. 등대가 직접 고기를 잡아 만선의 기쁨을 주는 것은 아니지만, 어부들의 마음에 든든한 버팀목이었던 것처럼.

아버님이 계셨기에 자식들은 꿈과 희망을 갖고 삶이라는 바다를 누볐다. 항해하는 배보다 정박해 있는 배가 더 빨리 망가지듯이, 자식들이 살아가면서 만나는 다양한 악천후에 발이 묶여 상처입고 망가질까봐, 등대처럼 격려의 불빛을 비춰주셨다.

호미곶 등대를 바라보며 문득 내 삶의 언저리를 돌아본다. 인생시계의 시침이 반을 훌쩍 넘긴 시점을 살아오는 동안 나는 주변의 도움을 많이 받았다. 세 남매를 건사하며 직장 생활을 무탈하게 할 수 있었던 것도 적재적소에서 불 밝혀 주던 등대 같은 고마운 이들이 있었기 때문이다. 나 또한 그들에게 등대처럼 묵묵히 소임을 다하고, 주위 사람들이 때때로 자기 자리를 찾지 못해 헤맬 때 올바른 방향을 제시해 주었는지, 궁금하다.

살면서 문득문득 누군가에게 의미 있는 등대가 되어도 좋을 성싶다. 그러면 삶의 무게가 버거워 쓰러질 것 같은 사람도, 등대로부터 위안을 얻어 세상을 향해 힘차게 항해할 수 있으리라.

아버님에 대한 기억의 편린이 달빛에 부서진다. 나는 바닷가로 내려가 달빛 윤슬을 잡으려고 바닷물에 손을 담근다.

고요히 흐르던 호미곶 등대 불빛이 방향을 틀어 내 마음자락을 물들인다. 내 가슴에 아버님의 화신인 양 등대 불빛이 환하게 피어오른다.

당신에게 말 걸기

단어가 가진 사전적 의미 외에 함축적이고 상징적인 의미를 부여한다면, 사유의 문장을 만들 수 있습니다. 당신만의 문장을 만들어 보세요.

예 : 장미는 사랑이다. 사랑하는 이에게 선물로 장미 꽃다발을 주기 때문이다.

아버지가 낚은 사랑

이른 새벽, 흥해 용연지龍淵池에 도착했다. 새벽바람의 기척으로 해가 물속에 풀어지자 졸고 있던 물고기들이 햇귀와 타전을 시작했다. 물빛 그리움 하나 가슴에 구겨 넣고 찾아왔더니, 내 마음에 곰비임비 막혀 있던 응어리들이 무게를 덜어냈다.

수풀 사이에서 한 아저씨가 낚시를 하고 있었다. 어신찌를 응시한 채 꼼짝 않고 앉아 있어 조심스레 가까이 가보았다. 그물망에 작은 물고기 서너 마리가 파닥거렸다. 은빛 물고기를 바라보는데 문득 친정아버지가 떠올랐다. 검게 탄 얼굴로 밀짚모자를 눌러 쓰고 붕어를 낚던 생전의 아버지 모습이 오롯이 겹쳐졌다.

어느 해 여름, 어머니가 갑상선 수술을 받았다. 어린 남매를 건사하고 병수발은 물론 집안일까지 모두 아버지의 몫이었다. 그즈음 아버지의 낚시가 시작되었다. 어머니를 따라 드문드문 절에 다녔던 아버지는 이전까지 낚시를 한 적이 없었다. 하지만 수술한 어머니에게 참붕어가 약이 된다는 소리를 듣고는 곧장 가느다란 낚싯대를 빌려왔다.

나는 펄떡이는 노르스름한 붕어를 아버지가 직접 낚는다는 사실이 신기했다. 아버지가 달랑 낚싯대 하나만 챙겨 들고 집을 나서는 날이었다. 나도 따라가겠다며 떼를 썼다. 위험해서 안 된다는 어머니의 만류를 뿌리치고, 아버지의 손을 얼른 잡았다.

낚시터에 다다랐다. 구불구불한 산길을 두세 번 지나자 제법 넓은 저수지가 나타났다. 저수지는 한가로웠다. 산그늘에 물빛이 더욱 짙어 보이는 곳이 있었고, 햇살이 비쳐 물비늘이 반짝이는 곳도 있었다. 가끔 불어오는 바람에 나뭇잎 몇 장이 물살에 일렁거렸다.

아버지는 나에게 낚시를 할 때는 조용히 있어야 된다고 했다. 하지만 신신당부의 말도 내게는 소용이 없었다. 아버지의 말이 채 끝나기도 전에 나는 재잘거리기 시작했다. 왜 떠들면 안 되느냐고, 물 위에 떠다니는 저 새 이름은 무엇이냐고…. 묻다가 동요를 부르기도 했다. "퐁당 퐁당 돌을 던지자…." 노래는 끝없이 이어졌다. 알고 있던 노래를 다 부르고, 다른 노래가 기억나지 않을 때까지 불렀다.

그렇게 노래 부르기가 그칠 때쯤이면 저수지는 다시 고요해졌다. 아무 소리도 들리지 않았다. 그날따라 아버지와 나뿐이었다. 나는 소금쟁이가 원을 그리며 움직이는 것을 물끄러미 바라보았다. 아버지는 이따금 나에게 미소만 지어 보일 뿐 묵묵히 찌를 바라보며 낚시질만 했다.

한참 지났다. 아버지는 작은 물고기는 물에 도로 놓아주고, 손바닥 크기의 붕어들만 집에 가져왔다. 붕어를 손질해서 찜통에 넣고 푹 고았다. 가스불 옆에서 굵은 땀방울을 뚝뚝 흘리며 행여 넘칠세라 정성을 다했다. 비린내가 나면 어머니가 먹지 못할까봐 참기름을 듬뿍 넣고 들깨가루도 넣었다.

"참붕어 국물은 약이라고 하더라. 식기 전에 후딱 마셔라."

"부처님을 믿는데…."

"내가 붕어 잡기 전에 부처님께 약속했다. 당신 약으로만 쓴다고."

핼쑥한 얼굴의 어머니는 뜨거운 국물을 쉬엄쉬엄 마셨다. 아버지의 낚시질은 한동안 계속되었다. 집안에는 붕어 고는 진한 냄새가 배다시피 했다. 그 덕분인지 어머니는 차츰 건강을 회복하셨다.

저 낚시꾼도 예전의 아버지처럼 누군가를 위해 고기를 잡는 것일까? 아니면 그저 재미 삼아 낚시질을 하는가. 가까운 나무에서 매미가 시끄럽게 울기 시작했다. 예전에 아버지와 함께 간 저수지에서 내가 그랬던 것처럼….

그때 아버지는 낚싯대를 드리우고 무슨 생각을 하셨을까? 흘러가는 구름에 근심을 실어 보내고, 불어오는 바람에 고단함을 딸려 보냈을까? 나는 깊은 물속을 들여다보며 아버지와 나만의 또 다른 추억 조각을 건져 올리려고 애썼다. 퇴적된 기억이 한순간 튀어 올라 수평선 밖 허공을 맴돌았다. 순간 내 가슴 가득 아버지에 대한 그리움이 고였다.

용연지의 바람이 내 마음을 눈치챈 듯 잔잔하게 윤슬을 일으키며 흘렀다.

당신에게 말 걸기

몇 년 전, 여름휴가 때였습니다. 팔조령을 지나 청도 운문사 근처 야영장에 도착했어요. 다리 아래에는 알록달록한 천 조각을 누벼 놓은 듯 텐트들이 이마를 맞대고 앉아 있었습니다. 여기저기서 들려오는 피서객들의 환호성이 차가운 물소리와 어우러져 맑은 하늘에 울려 퍼지면 제 마음도 덩달아 신이 났습니다.

당신에게 즐거운 기억으로 남아 있는 휴양지는 어디인가요?

숲속에서 느끼는 푸른 희망

중명 생태공원의 품에 안겨 있으면 딸아이의 피부병이 완치될 수 있다는 믿음이 생긴다. 그런 탓에 집 가까이에 있는 생태공원을 자주 찾는다. 나는 딸을 데리고 향기원 정자 쉼터에 앉아 함께 주변 경치를 바라본다. 향기 나는 식물에 둘러싸여 있는 것만으로도 딸의 피부는 면역성이 길러지고 빨리 나을 수 있을 것이다.

오늘도 생태공원에 도착하자마자 딸의 손을 잡고 향기원 주변을 걷는다. 향기가 짙으니 벌과 나비들이 전부 여기에 몰려든 듯 하염없이 날고 있다. 약용원에 심겨진 약모밀, 구릿대, 도라지 향을 맡으며 서 있으니 자연과 한 몸이 된다. 냄새만 맡아도 심신에 깃든 병이 낫는 것 같다.

몇 달 전, 딸아이가 나들이를 다녀온 날이었다. 그날 저녁부터 온몸에 붉은 반점이 돋더니 꽃물 번지듯 퍼지면서 검게 변하는 것이었다. 개인 병원을 찾아갔더니 종합 병원으로 급히 가보라고 했다. 의사 선생님이 피부가 괴사한다며 서둘러 입원시키라고 독촉했다.

원인을 알 수 없는 세균성 감염이란다. 여러 가지 검사를 한 결과 염증 수치가 정상인들은 20인데 딸아이는 180이었다. 보름 동안 입원했다가 퇴원했지만 완치되지 않았다. 의사 선생님은 길게는 6개월 정도 약을 복용해야 된다고 했다. 독한 피부약을 먹으니 온몸이 붓고 피부가 탱탱해졌다. 몸무게가 늘고 등에 털이 거뭇거뭇하게 났다. 심각하지는 않지만 약 부작용이 조금씩 생기는 것이 보였기에 딸을 지켜보는 내 마음이 먹먹했다.

피부가 깨끗해진다 싶어 약을 먹이지 않으면 금세 가려워했다. 지켜보는 나는 안타깝지만 딸을 대신해 아파할 수는 없었다. 다만 이 모든 상황에서 빨리 회복되기를 바랐다. 정신적으로, 신체적으로 건강해져서 예전처럼 잘 웃기를 기도했다.

나는 가려워하는 딸을 지켜보면서 집 근처에 있는 생태공원을 자주 찾아가리라, 다짐했다. 주말이 아니라 평일이라도 틈만 나면 딸과 손잡고 산책로를 거닐었다. 그러면 마음이 편안해졌다. 때죽나무, 박태기나무 등속의 낙엽 활엽수가 주종을 이루는 숲을 걸으니 딸도 집에서보다 훨씬 많이 소리 내어 웃었다.

부드러운 흙길이 나오면 맨발로 걸으며 대지의 심장 소리를 듣고자 했다. 체로키 인디언처럼 자연과 교감해 보려고 발끝을 들고 사뿐히 걸었다. 바람이 되었다고 상상하면서 오솔길 사이를 오갔다. 나무를 가만히 감싸

안으며 나무의 기를 온몸으로 받아들이니 젖어 있던 기분이 보송해졌다.

삼림욕을 하니 시나브로 마음이 치유되는 것을 느꼈다. 야생화원에 있는 배초향, 두메부추, 나무꽃향유에 마음을 열고 다가가니, 바람이 등을 토닥여 주고, 햇살이 마음결을 쓰다듬어 주었다. 당장 완쾌되지 않더라도 자연의 좋은 기운을 받아 딸의 마음이 편안해진다면 병이 빨리 호전될 것이라는 믿음이 생겼다.

조금 전, 산책을 마치고 숲 내음을 맡으며 나무 주변을 스케치하고 있다. 딸에게 그림 종이가 한 장의 퍼즐 판이라고 생각하면서 자세히 관찰하라고 한다. 평소에 딸아이가 퍼즐 맞추는 것을 즐겨하기에 내 말을 알아듣는 것 같다. 나 또한 키가 큰 나무 아래에 작은 나무가 자라고, 그 밑에 풀과 야생 꽃들이 핀 것을 보며 그림을 그리는 사이에 나무 한 그루, 꽃 한 송이, 작은 돌 하나가 친근하게 여겨진다.

대자연의 조화에 새삼 감탄한다. 자연의 일부인 사람도 모두 보듬어 껴안고 살아야 되는 존재임을 다시 실감한다. 우리의 삶도 거대한 그림 퍼즐이 아닌가. 삶의 조각 중에는 풀, 나무, 꽃처럼 여겨지는 것들이 있다. 태풍이 불고 폭우가 쏟아져도 숲의 퍼즐 조각들은 제자리에서 꿋꿋이 이겨낸다. 꽃과 나무는 시련이 다가와도 용기 있게 받아들여 꽃봉오리와 잎을 피워낸다.

나는 간절히 소망한다. 그들처럼 딸도 아픔을 다독여 자신의 퍼즐 조각을 잘 맞추어 나가면 좋겠다. 잊고 싶은 힘겨운 삶의 파편까지도 버리지 않고 끼워 맞춰야 진실한 딸의 퍼즐이 완성되는 것이리라. 싱그러운 생태 숲에 앉아 있으니 내 온몸에 희망의 푸른 물이 든다.

당신에게 말 걸기

산은 지친 마음을 위로하는 치유의 장소입니다. 살면서 갖게 되는 수많은 감정으로 제 마음이 길을 잃고 헤맬 때면, 가까운 산을 찾아가 그 품에 깃듭니다. 나무나 꽃들과 어우렁더우렁 섞여 있다 보면 서서히 안정을 되찾아 앞으로 내가 해야 할 행동이나 생각이 정리되고는 합니다.
당신의 몸과 마음을 치유해 주는 장소가 있나요?

지금은 단속 중

하루 종일 비가 쏟아지는 칠석날이었다. 차창 밖의 세상은 온통 뿌옜다. 가족들과 시댁에 다녀오는 길, 빗속을 달리는 자동차 안에서 바깥세상을 내다보았다. 간간이 '단속 중'이라고 쓰인 노란 표지판이 눈에 들어왔다. 앞을 분간하기도 어려운 빗길인데 저 조그만 렌즈가 자동차의 속도를 잡아낼 수 있을까?

큰아들이 태어났을 때였다. 나는 아이가 위인전의 인물처럼 비범한 무엇인가를 가지고 태어나지는 않았을까, 기대했다. 아이의 작은 몸짓에서도 의미를 찾아내려고 열심이었다. 아이의 순한 눈동자를 들여다보았다. 눈동자에서 우주를 보았다. 그 우주 속으로 빨려 들어가며 영혼이 맑아지는 것을 느꼈다. 마음이 편안해졌다. 나는 그 순간 다짐했다. 아이의 삶을 구속하지 않겠다고, 그저 욕심 없는 동반자가 되어야겠다고….

내 다짐은 백일을 넘기지 못했다. 아이보다 며칠 빨리 태어난 위층의 아이가 뒤집기를 했다는 소식을 듣자 슬슬 욕심이 얼굴을 내밀었다. 마음이 급해졌다. 벽이란 벽에 사진과 그림을 다 붙여 놓았다. 그렇게 하면 빨리 뒤집는다는 말을 들었기 때문이다. 아이는 엄마의 기대를 저버리지 않았다. 드디어 아이가 뒤집었다. 밤낮이 바뀌어 밤새도록 놀고 난 새벽이었다. 얼결에 뒤집고는 얼굴이 붉어진 채 끙끙대는 아이를 보면서 나는 손뼉을 쳤다. 자고 있는 남편을 깨워 기념사진을 찍었다. 뒤집기를 시작으로 아이의 움직임은 나날이 활발해졌다. 덩달아 나도 바빠졌다. 느긋하게 차 한 잔 마실 여유조차 쉽지 않았다.

그 아들이 자라 벌써 여섯 살이 되었다. 이제는 집안에서보다 밖에서 놀기를 더 좋아한다. 놀이터에서 또래들과 곧잘 어울려 놀곤 한다. 오늘도 아이는 놀이터에 있다. 아파트 베란다에서 내려다보니 아이의 움직임이 고스란히 눈에 들어온다. 무엇이 그리 재미있을까? 팔을 휘두르며 이리저리 뛰어다닌다. 깔깔대는 웃음소리가 놀이터 옆 나뭇가지에 햇살처럼 걸린다. 나는 아이의 움직임을 열심히 눈으로 좇는다. 내 눈에서 벗어나면 불안하다.

따르릉.

수화기를 드니 큰아이 어린이집 담임 선생님이다. 이런저런 이야기 끝에 우리 아이가 숫자에 약하다고 한다. 숫자에 약하다고? 그렇다면 숫자 공부를 시켜야지. 마침 아이가 들어온다. 들어오자마자 다시 친구 집으로 달려가려는 아들을 불러 세운다. 공책을 펴고 1부터 100까지 쓰라고 시킨다. 그걸 다 써야만 놀러갈 수 있다고 엄포를 놓는다. 느닷없는 엄마의 말에 아이는 친구가 기다린다고 울상을 짓는다.

친구가 쾅쾅 현관문을 두드려 대니 아들은 다급해진다.

"엄마, 1부터 10까지만 쓰면 안 돼?"

"안 돼! 1부터 100까지 꼭 써야 돼. 안 쓰면 놀러 못 가."

아이가 울음을 터트린다. 자식의 눈물 앞에 마음이 약해진다.

"조금 놀고 와서 100까지 꼭 써야 돼. 자, 약속!"

금방 얼굴이 환해져서 새끼손가락을 내민다.

땅거미가 내려앉고 주위가 어둑어둑해져서야 아이가 집에 들어온다. 씻지도 않고 공룡 비디오부터 튼다.

"놀다가 와서 숫자 쓴다고 약속했잖아. 내년에 유치원 가려면 숫자 공부 잘해야지. 다른 친구들도 공부한단 말이야."

"엄마, 그림 먼저 그리면 안 될까? 그림 그리고 싶은데…."

풀이 죽은 그 모습에 내 마음이 또 약해진다.

"그럼, 그림 먼저 그리고 숫자도 써야 돼!"

그제야 순순히 고개를 끄덕인다.

책상에 앉아 있는 아이의 옆얼굴을 물끄러미 쳐다본다. 엄마와의 약속을 지키기 위해 열심히 움직이고 있는 손끝을 따라가 본다. 도화지에 공룡을 그리고 있다. 크고 작은 발자국이 여기저기 찍혀 있다. 삐뚤삐뚤하다. 놀이터 모래밭에 찍히곤 하는 제 발자국을 닮은 것 같다.

아이는 커가면서 많은 발자국을 만들 것이다. 넓은 세상을 향해 한 걸음 한 걸음 좀 더 뚜렷한 발자국을 남기려고 노력하겠지. 앞으로 아이가 성장하면서 엄마인 내 욕심도 커질 것이다. 종종 다른 아이와 비교할지도 모른다. 남보다 뛰어났으면 하는 마음에 조바심할 것이다. 그것이 때로 지나칠까 두렵다.

엄마의 지나친 욕심과 기대는 아이를 다치게 할 수도 있다. 아이의 날개를 잡고 날지 못하게 하는 일일지도 모른다. 아이의 눈동자에서 우주를 보았듯이 내 아이 스스로 자기만의 우주를 찾아 자유로이 날 수 있도록 지켜보아야겠다.

하지만 편안한 마음으로 지켜보기란 생각처럼 쉽지 않을 것이다. 내 마음의 카메라가 작동을 멈추지 않는 한. 내 눈앞에 있을 때에는 물론, 아이가 깊이 잠들었을 때에도 그 카메라의 렌즈는 늘 열려 있다. 사랑이란 이름으로 감시하고 단속한다. 그러고 보면 단속할 대상은 아이가 아니라 바로 내 마음이다.

나는 지금 내 마음을 '단속 중'이다. 고속도로에서 규정 속도를 유지해야 하듯이 아이를 향한 내 마음도 너무 앞서가지 않도록.

당신에게 말 걸기

게리 채프먼은 『5가지 사랑의 언어』에서 사람들 마음에는 저마다 '사랑 탱크'가 있다고 했습니다. 진정으로 사랑받고, 인정받고, 이해받고 있다는 느낌으로 채워지는 저장고로, 심리적 정서적 안정감의 기초가 된다고 했습니다.
5가지 사랑의 언어는 '말, 시간, 스킨십, 봉사, 선물'입니다. 배우자, 자녀, 친구 등속을 만날 때, 상대가 좋아하는 언어를 가지고 대해 줘야 합니다. 그래야만 나와 마주보고 있는 사람이 '자신은 사랑받는 존재'라고 진심으로 느낀다는 것이죠. 내가 좋아하는 사랑의 언어가 아니라, 상대가 좋아하는 사랑의 언어를 사용해야 된다고 했습니다.
당신은 5가지 사랑의 언어 중에서, 상대방이 어떤 언어를 사용해 주었을 때, 가장 사랑받는다고 느끼나요?

언 어 의 길 이 는 제 각 각 이 지 만

사람의 마음에 따라 기도의 울림은 달라진다. 가슴에서 우러나오는 기도는 범종을 치는 듯 순음만 남아 긴 여운을 남긴다. 진언을 할 때 틀리지 않을까, 머리로 따지면서 기도를 하면 여운이 짧아진다. 그래서 나는 절 문에 들어서면 머리 대신 가슴으로 기원하고자 노력한다.

의성 고운사 일주문에 이르는 황톳길을 걷는다. 자연의 흐름을 거스르지 않고 흙 이불을 덮고 있는 길을 걷다 보면, 마음의 빗장이 어느새 풀린다. 우듬지에 앉았던 바람이 화음을 이루고 지나가면, 천년 된 소나무 향이 울컥 밀려온다. 저절로 숨결이 정갈해져 두 손 모아 합장하게 된다.

천왕문을 지나 가운루駕雲樓를 쳐다본다. 가운루는 경내의 중앙을 가로질렀기에 고운사의 중심이다. 계곡에 놓인 돌로 주춧돌을 삼고, 길고 짧은 세 쌍의 가늘고 긴 기둥이 계곡 바닥에서부터 거대한 몸체를 떠받치고 있다. 기둥의 길이가 조금씩 다른데도 알찬 균형을 이뤘다는 점이 이색적이다. 물이 흘러 부딪혀 생기는 물안개 위에 떠 있는 형태다.

가운루에 오르니 세상을 등지고 고뇌하는 최치원의 모습이 떠오른다. 그는 12살 어린 나이에 당나라로 건너가 황제로부터 어대魚袋를 하사받고, 중원에 천재 문장가로 이름을 떨쳤다. 28살이 되던 해, 조국에 헌신하기 위해 신라에 돌아왔지만 6두품이라는 신분의 벽에 갇혀 오랜 세월 지방 수령 자리만 맡았다. 그러한 최치원의 마음을 표현한 시가 「추야우중秋夜雨中」이다. 등전만리심燈前萬里心이라. 마음과 뜻은 만리 밖 큰 꿈을 향해 달리는데, 현실은 그렇지 못했다. 그는 삶에 만족하지 못하고 소외감을 느껴 외로운 구름처럼 떠돌았다. 그러다가 고운사에 머물면서 가운루를 건축했다. 그의 번뇌와 나라를 위한 간절한 염원이 고스란히 내게 느껴진다.

고운사는 지장보살 영험성지라 불린다. 예전부터 죽어서 저승에 가면 염라대왕이 고운사에 다녀왔느냐고 물었다고 한다. 그러니 지장보살을 찾아뵙는 것이 당연할 것이다. 하지만 나는 고운사를 올 때마다 약사전에 머문다. 가장 오래된 부처님인 약사여래불이 계신 곳이기 때문이다. 도선국사 때부터 약사여래불로 신앙을 해왔으므로, 나 또한 식구들의 무병장수를 위해 법당에 엎드린다.

불상은 도선국사께서 조성한 것으로 보물로 지정되었다. 머리에는 작은 소라 모양의 머리칼을 붙여 놓았고, 네모난 얼굴에 눈 · 코 · 입을 작게 표현하였다. 머리, 얼굴, 신체, 옷 주름, 대좌, 광배 등에서 8세기의 불상과는 뚜렷하게 구별되는 9세기의 양식을 나타내고 있다.

불상에는 천 마디 기원의 말이 스며들어 있다. 가끔 절을 찾는 내 염원까지 부처님의 손바닥 위에 보태어 얹는다. 법당 곳곳에 씨줄 날줄로 걸려 있는 기도의 낱말들이, 바람결에 실려 떠나지 않고 전각 안에서 맴돌며 논다. 반쯤 눈을 감고 귀를 기울이니, 언어들이 소리로 변해 마음속으로 깃든다.

부처와 사람 사이를 이어주는 징검다리는 기도의 말이다. 기도의 단어는 섬세하고 정제된 언어다. 기원하는 이들의 문장이 내 가슴에 무수히 전해진다. 혼신을 다해 간절히 기도하고, 신념을 새기는 이의 꿈은 필연적으로 이루어지리라. 나도 절박하게 부처님에게 매달린 적이 있었다.

몇 년 전, 내 생활에 폭풍우가 휘몰아쳤다. 남편의 심장이 갑자기 멈췄다. 평소에 건강하다고 믿었던 남편이 응급실로 실려가 두 번의 심폐소생술로도 살아날 가망이 보이지 않았다. 심장 박동 모니터에 표시된 숫자 '0'을 보니, 내 다리에 힘이 풀렸다. 비틀거리며 벽을 짚었다. 가슴이 철렁 내려앉으며 마음의 둑이 와르르 무너졌다.

나는 눈앞에서 펼쳐지고 있는 상황을 현실로 받아들일 수 없었다. 평정심을 유지하기 힘들었다. 내 온몸의 세포가 불안감에 떨었다. 불안감이 점점 농도를 팽창한 탓에 머릿속은 생각으로 뒤섞여 소용돌이쳤다. 아무런 저항 없이 삶과 죽음의 경계가 병원 침대를 사이에 두고 있었다. 분리의 두려움을 견디지 못해 남편의 손을 잡았다. 손을 놓으면 남편의 생명이 단숨에 줄 끊어진 연처럼 사라질까 봐 힘을 주었다.

남편이 죽음의 문턱에 혼자 다가가고 있었다. 나이 지긋하신 분들이

육신의 기운이 다해 생의 끝자락에 발을 내딛는 것과는 엄연히 달랐다. 서른 중반의 남편이 격렬하게 저항 한번 못해 보고 죽는다고 생각하니, 가여워서 애끓는 심정이었다.

절망감이 덜거덕거리며 요란하게 들락거렸다. 손 한번 못 써 보고 그대로 침대 언저리만 맴돌다가 남편을 무기력하게 잃을 수는 없었다. 나는 부처님에게 남편을 살려달라고 빌었다. 한 치의 의구심 없이, 흔들림 없이, 뼈에 사무치도록 간곡하게 매달렸다. 남편에게 주어진 생명의 불꽃이 다 타버리지 않도록 무릎을 꿇었다.

기도하는 이는 어떤 장소에 있든 공간의 지배를 받지 않는다. 나는 슬픔을 어금니에 꽉 물고, 병실 한켠에서 두 손을 모으고 엎드렸다. 내 바람의 목소리가 병실에 차고 넘쳤다. 부처님을 내 눈에 담고 백팔배든 삼천배든, 오체투지 해야만 했다. 한 자 한 자 기원의 말을 내 몸에 새겨 자국이 남기를 바랐다. 나는 그만큼 절실했다. 오로지 남편을 살리려는 일념밖에 없었다.

엎드려 절을 하고 고개를 드니, 병실은 짙은 적막으로 뒤덮여 있었다. 한 순간, 눅눅히 가라앉은 공기를 깨뜨리며 풍경 소리가 뎅그렁 귓가를 울리는 듯했다. 내가 울고 있어 풍경 소리가 바람 따라 흐느끼는 것 같은 이명이 일었다.

그때였다. 모니터의 화면이 꿈틀거렸다. '0'이라는 숫자를 가리키며 일직선으로 누워 잠자던 심장 박동 수치선이 서서히 움직이기 시작했다. 남편의 심장이 다시 뛰었다. 명암이 엇갈리는 찰나였다. 나도 모르게 폭포수처럼 눈물이 쏟아져 내렸다.

고운사 절 입구에는 법계도림法界圖林이 있다. 법계도림이란 화엄 사상의 요지를 집약한 문구를 마음속으로 새기면서, 미로의 숲속을 걷다가 비로자나불을 만날 수 있게 한 곳이다. 법계도는 세상을 견디는 방법에 대해 기술하고 있다. 화엄종의 실질적인 체험 공간으로 통하는 문이기 때문에 상징적 의미를 갖는다.

곳곳에 적힌 화엄경을 읽으며 법계도림 숲길을 걷는다. 기도의 말이 내 그림자를 붙잡고 길게 이어진다. 언어의 길이는 제각각이지만 손을 바투 잡고 리듬감 있게 움직이며 따라온다. 기도하는 이가 그리운 오늘이다.

당신에게 말 걸기

살아줘서 고맙습니다 / 죽을병 걸려 반년 / 병원에서 엎드려 / 있다가 / 구사일생으로 풀려나온 날 / 사람들은 나를 만날 때마다 / 살아줘서 고맙습니다 / 인사를 했다

왜 내가, 살려줘서 고맙습니다 / 그렇게 인사해야지 저쪽에서 거꾸로 / 살아줘서 고맙습니다 / 인사하는 걸까? / 그때는 그것이 궁금했었다

지나면서 생각해보니 / 그렇게 생각할 수도 / 있는 일이구나 싶었다 / 같이 밥 먹어줘서 고맙습니다 / 사랑해줘서 고맙습니다 / 당신이 세상에 있어줘서 고맙습니다 / 내 옆에 있어줘서 고맙습니다

이 얼마나 좋은 세상인가 / 이 얼마나 아름다운 세상인가 / 이 얼마나 눈물겨운 세상인가 / 이런 세상 / 깨우쳐주셔서 감사합니다

– 나태주, 「너와 함께라면 인생도 여행이다」 중에서

이 글을 읽어준 당신, 이 세상에 당신이 있어 줘서 고맙습니다!

정겨운 풍경을 정독하며

논두렁에 서서 하늘을 올려다보니 높고 푸르다. 새떼들이 구름 사이로 미끌어지듯 날아가고, 건너편 대숲은 바람 따라 푸른 물결을 일으킨다. 논 가장자리에는 백로가 부리에 미꾸라지를 문 채 한가로이 걸음을 옮기고 있다. 농촌이 빚어내는 정겨운 풍경을 정독하며 리듬감 있게 걷는 내 마음이 흐뭇하게 젖어든다.

큰형님이 조카 결혼식을 앞두고 기별을 했다. 잔칫집에 미리 와서 음식 장만을 돕고, 하룻밤 자며 동서지간에 정도 나누자고 했다. 흔쾌히 가겠다고 했지만, 뒤돌아서니 걱정이 되었다. 동작이 굼뜨고 일머리를 모르는 내가 큰일 치르는데 도움을 주기는커녕 오히려 짐이 되면 어쩌나 신경이 쓰였다.

명절 때 큰집에 가면 차례상에 음식 가짓수가 많다. 내가 시집와서 처음 추석을 맞이했을 때 제수 거리를 보고 깜짝 놀랐다. 차례를 지내고 동네 분들과 경로당에서 음식을 나눠 먹는 인심이 온전히 남아 있다고 했다. 이번에도 결혼식을 앞두고 다양한 음식을 장만하리라.

햇살이 투명하게 일렁이는 고샅에 들어선다. 고양이가 사뿐 걸음으로 걸어 다니고 닭이 홰치는 소리도 들린다. 담장마다 능소화가 웃음 짓고 호박은 초록 줄기에 의지해 졸고 있다. 여유로운 정경이다.

그런데 큰집 가까이 다가가니 마음이 바빠진다. 고소한 냄새가 내 얼굴에 훅 끼쳐든 까닭이다. 새벽부터 서둘러 왔건만, 혼자서 음식 만들기를 시작하셨는가 싶어 조바심이 인다. 안마당에 들어서니 몇몇 아주머니가 전을 부친다. 인사를 하고 집안으로 들어서니, 그곳에도 재빠른 손놀림으로 한쪽에서는 나물을 다듬고 다른 쪽에서는 생선을 손질한다. 그들 사이에서 형님을 찾아 인사드린다.

"동서야, 멀리서 오느라 고생했데이."

형님 친구분들이 이른 아침부터 찾아와 음식 만들기를 시작했단다. 내 집에서부터 음식 장만할 걱정을 머리에 잔뜩 이고 왔는데, 살며시 웃음이 난다. 꿔다 놓은 보릿자루처럼 한쪽으로 비켜나 심부름 거리를 찾았으나 그것마저 여의치 않다. 한참을 기다려도 내 몫의 일은 나타나지 않는다. 형님네 마을에서는 품앗이가 남아 있어 보기 좋다.

시골에도 변화의 바람이 불었다. 주택이나 길이 여기저기 헐리고 새로 고쳐졌다. 농사나 관혼상제에서도 노동을 노동으로 갚는 대신 돈을 지불하는 곳이 많다고 들었다. 그런데도 이 마을에서는 도움이 필요하다 싶으면 스스럼없이 품앗이를 한다. 서로 형님 동생하며 자기가 할 수 있는 범위 내에서 도와준다.

누구네 집에 경조사가 있거나 환자가 생기면 이웃사촌들이 더 잘 알아서 챙긴다. 옛정을 그대로 체득할 수 있는 품앗이 전통이 명맥을 이어가니 반갑다. 한편으로는 부럽다. 내가 사는 아파트에서는 이웃에 무관심한 경우가 많아 서로 소원하다. 바쁘게 생활하다 보니, 마음에 여유가 없어 왕래할 틈이 보이지 않는다. 아파트 단지 안에서 일어나는 일이나 공지사항은 관리실에서 방송을 하거나 게시판에 붙여놓는다. 이런 연유로 사람살이의 살가운 정을 느낄 수 있는 품앗이가 고맙다.

편의와 실리를 쫓아가는 세상이다. 나에게 손해가 되면 한 발자국 뒤로 물러나고, 이익이 되면 두 발자국 앞서려는 경향이 늘었다. 그러나 품앗이는 동네 대소사를 자신의 일처럼 여기는 마음이 있어야 한다. 이익을 바라거나 욕심을 부리면 불협화음만 이어질 뿐이다. 자칫 생산성은 줄어들고 이웃 간에 믿음마저 깨질 수 있는 것이 공동체에서 마음 맞추는 일이다.

어우렁더우렁 사는 모습이 보기 좋다. 오늘 형님네서 음식 준비에 손을 보탠 분들은 집으로 돌아갈 때에 배추전이나 부추전을 서너 장씩 챙겨가는 것이 전부다. 그들의 땀 흘린 얼굴이 힘들기는 해도 편안해 보인다. 도린곁에서 살 수 없는 것이 인생이라면 이웃과 어깨를 겯고 곰살궂게 마음을 나누며 사는 것도 삶의 재미이리라. 정신적으로 충만해 보이는 품앗이꾼들 앞에서 내 가슴이 푸근해진다. 마음에 환한 등불 하나 내걸린다.

당신에게 말 걸기

"카르페 디엠(오늘을 즐겨라)"은 고대 로마 시인 호라티우스의 라틴어 시의 한 구절입니다.
"우리가 말하는 동안에도 아까운 시간은 지나가고 있으니 오늘을 즐겨라."고 말합니다.
행복은 멀리 있지 않고 가까이 있다는 뜻이겠지요.
어떤 사람들은 행복은 추구하는 것이 아니라 발견하는 것이라고 합니다. 추구란 목적을 이룰 때까지 뒤쫓아 구하는 것입니다. 목적의 기준이 높을수록 힘이 들 거예요. 하지만 일상이나 주변의 소소한 것에서부터 행복을 찾는 것은 의외로 쉬울 수도 있습니다.
당신은 주변에 널려 있는 행복을 찾으셨나요?

추억, 느낌표로 머물다

석등의 불빛으로 촘촘히 드리우면

문화재는 조상들의 마음을 읽을 수 있는 또 다른 언어다. 통일신라시대 석등 속에는 신라인들의 일만 마디 기원이 담겨 있다. 왕족들이 법당에 오르는 낮에는 부처를 볼 수 없으니, 일반 백성들은 캄캄한 밤에 찾아가 신앙심을 키웠다. 석등은 한자리에 중심을 잡고 서서, 그들의 염원에 따뜻하게 화답해 주었다.

천년을 이어온 석등이 좋아서 여러 사찰을 찾아다녔다. 단아한 절제미가 돋보이는 운문사 석등은 요사에 모신 유일한 것으로, 지붕 옥개석 위에 연꽃봉오리 모양의 보주가 아름다웠다. 다보탑과 석가탑 사이에 있는 불국사 석등은 화창火窓으로 보면 대웅전 본존불의 얼굴이 보여, 신라인의 가람 배치 우수성을 엿볼 수 있었다. 부석사 무량수전 앞 석등은 비례의 조화가 아름답고, 화사석 4면에 새겨진 보살상 조각의 정교함이 돋보였다.

석등은 나에게 숭고미를 선사해 준다. 석등에서 느껴지는 예술혼은 내 눈길을 사로잡지만, 그중 백미는 화사석火舍石이다. 화사석에는 사방에 세로로 기다랗게 난 화창이 있는데, 여기를 통해 사방으로 퍼지는 불빛이 따사롭다. 화창火窓은 가운데를 막아 놓은 것이 아니기에 비바람이 드나든다. 그러나 불씨는 움푹 파인 홈 안에 있어서 여간해서는 사그라지지 않는다.

석등의 불빛이 그리울 때면 운제산 자장암을 찾아간다. 오늘도 해가 저물어 사위가 어둑어둑해질 무렵에 산을 오르고 있다. 자장암은 오어사 뒤편 깎아지른 절벽 위에 있다. 나무뿌리와 자연석이 계단을 만들어 준 탓에 힘껏 발을 내딛고, 나무줄기를 선구자의 손길인 양 의지하며 가파른 길을 오른다.

자장율사가 최초로 산문을 열고 부처님 정법의 깃발을 세우자 사방에서 광명이 일고 상서로운 빛이 뿜었다. 하늘이 숨겨 놓은 길상지라 여기고 자장암을 지었는데, 신라 때부터 기도처로 이름이 높다. 관음전과 진신사리탑에 삼배하고 돌아서니 석등이 나를 반긴다. 나에게 산사의 밤은 석등에서 은은한 불빛이 새어 나오는 그 순간, 온전히 시작된다.

석등을 마주보고 있으니 친정어머니가 겹쳐진다. 이제껏 자식에 대한 사랑의 불씨를 심연 속에 담고 훈훈한 불빛으로 나를 감싸주었다. 가슴 언저리에 모진 바람이 후려쳐도 화사석처럼 자애의 불씨가 꺼지지 않게 중심을 잡고 흔들리지 않았다.

유년 시절, 어머니와 함께 연등을 켜거나 저녁 예불에 참석하기 위해 밤에 사찰을 찾아갔다. 어둠이 산자락을 삼키길 기다려 절에 도착하면, 어머니는 곧장 대웅전을 찾아 향을 피우고 절을 했다. 공손스럽게 절을 다하고 나면, 대웅전을 마주하고 있는 석등을 찾아갔다. 어머니가 부처의 공덕을 노래하며 탑돌이 하듯 석등 주위를 합장한 채 돌면 나도 어머니의 뒷모습을 바라보며 뒤따랐다.

어머니는 이제껏 내면의 상처로 고통스러울 때면 언제나 석등 앞에 섰다. 지천명을 앞두고 세상을 떠난 내 아버지의 부재가 주는 허허로움과 자식을 건사해야 한다는 책임 사이에서 마음은 늘 젖어 있었다. 세상이라는 바다는 남편의 그늘에서 벗어나니 수시로 태풍이 불고 득달같이 파도가 달려들었다. 군데군데 긁혀서 난 생채기가 아물기도 전에 또 다른 곳을 베이기 일쑤였다.

그런 어머니가 위로를 받는 일은 석등을 바라보는 것이었다. 석등은 희망의 빛, 구원의 빛을 상징한다. 온기와 환한 불빛을 통해 어둠에 갇힌 이에게 밝음을 준다는 의미를 지녔다. 어머니의 가슴이 암흑으로 뒤덮여 있었으니 석등의 불빛이 필요했으리라. 벌어진 마음의 틈을 석등의 불빛으로 촘촘히 드리우면 온몸이 가뿐해지는 것 같다고 했다. 석등의 밝음은 어머니에게는 치유의 손길이었나 보다.

어머니는 동행하는 이가 없어도 석등을 찾아갔다. 내가 결혼한 뒤로는 석등으로 향한 발자국을 홀로 찍으실 때가 많았다. 가끔 안부 전화를 드릴 경우, 혼자서 석등을 보고 오셨다는 소식을 전해 들으면 내 가슴이 울렁댔다. 석등을 찾아갈 수밖에 없었던 무슨 안 좋은 일이 생긴 것은 아닌지 걱정이 앞섰다.

어머니의 처진 어깨가 눈앞에 아른거려 괜스레 내 마음이 허둥거렸다. 자식이라도 어머니의 고된 마음을 짐작하고 지워드리기가 쉽지 않았다. 그저 하루빨리 가슴속 파도가 잔잔해지기를 기도했다. 흔들리지 않는 삶이 어디 있으랴. 하지만 어머니의 근심이 포물선을 그리지 않고 직선으로 누워 있기를 간절히 바랐다.

세월의 징검돌을 건너, 이제 나도 세 아이의 엄마가 되어 석등 앞에 선다. 예전에는 석등을 무작정 바라보았다면, 지금은 내 자식들을 위한 곡진한 염원으로 충만해진 나를 느낀다. 시등공덕경施燈功德經이라 했던가. 부자의 화려한 등불보다 가난하나 진실된 자의 등불 하나가 부처의 마음에 더 다가간다고 했다. 나도 가족을 위한 애틋하고 정성스러운 마음을 얹어 석등에 불을 밝힌다. 깊지도 얕지도 않게, 여전히 나를 걱정하는 노모의 마음만큼만 보태면 좋을 성싶다.

밤바람이 불어도 아랑곳하지 않은 채 석등의 불빛은 은은하다. 지금 이 순간, 석등 앞에 서 있으니 어머니를 마주 대한 듯 정겹다. 석등을 닮은 어머니, 어머니를 닮은 석등을 바라보니 내 마음이 따뜻하다.

당신에게 말 걸기

유홍준은 『안목眼目』에서 이렇게 말했습니다.

> 확실히 박규수의 안목은 보기에 따라 높고, 깊고, 넓었다. 그런데 가만히 생각해 보니 같은 안목이라도 분야마다 그 뉘앙스는 조금 다른 것 같다. 예술을 보는 안목은 높아야 하고, 역사를 보는 안목은 깊어야 하고, 현실 정치, 경제, 사회를 보는 안목은 넓어야 하고, 미래를 보는 안목은 멀어야 한다는 생각이 든다.
> 당대에 안목 높은 이가 없다면 그것은 시대의 비극이다. 천하의 명작도 묻혀버린다. 많은 예술 작품이 작가의 사후에야 높이 평가받은 것은 당대에 이를 알아보는 대안목이 없었기 때문이다. 미를 보는 눈이든 세상을 보는 눈이든 당대의 대안목을 기리는 뜻이 여기에 있다.

저는 안목을 키우기 위해 독서가 필요한 것 같습니다. 당신은 안목을 키우기 위해 어떤 노력을 해보셨나요?

단풍잎 손

쌀쌀한 가을비가 쏟아졌다. 한 차례 내린 비로 아파트 화단에 단풍잎이 떨어져 소복이 쌓였다. 비 그친 뒤에 베란다에서 내려다보니, 아이들이 단풍잎을 두 손 가득 머리 위로 던지고는 환하게 웃었다. 흩어지는 웃음 방울을 따라 옛 추억 하나가 고개를 내밀었다.

아들이 어렸을 때, 집 근처 환호공원으로 나들이를 갔다. 공원으로 향하는 길옆에는 은행나무가 빼곡하게 서 있었다. 걸음을 옮길 때마다 신발에 달라붙던 은행잎, 그 한 잎을 손에 들고 신이 난 아들을 보니 내 기분마저 상쾌했다.

멀리 인공폭포에서 물이 세차게 흘러내렸다. 쏴아 큰 소리로 울려 퍼지는 물소리를 듣자, 아들은 단숨에 달음박질하여 폭포수 앞에 다다랐다. 거친 숨을 고를 틈 없이 아들이 돌에 엎드려 물속에 손을 담갔다. 손가락에 물을 묻혀 연못가 돌 위에 그림을 그렸다. 이해할 수 없는 그림을 그려 놓고 '엄마 얼굴'이라고 했다. 아무리 봐도 사람 얼굴이라고는 말할 수 없었지만, 그래도 엄마를 그렸다니 기뻤다.

정자에 앉아 잠시 쉬기로 했다. 폭포를 뒤로하고 난간에 걸터앉았다. 얼마의 시간이 흘렀을까. 노래하듯 소리치며 이리저리 뛰어놀던 아들이 보이지 않았다. 가슴이 철렁 내려앉았다. 한참을 찾았는데, 어느 순간 저만치 나무 뒤에서 아들이 활짝 웃으며 나타났다.

"엄마, 선물."

불쑥 내민 손에 이름 모를 풀이랑, 단풍잎이랑, 나뭇가지가 한 움큼 들려 있었다. 예쁜 그 손! 산책길을 따라 걸으며 아들이 선물한 아기단풍 잎을 가만히 바라보았다. 손가락을 쫙 펼친 아들의 조그만 손을 닮았다. 갈바람과 뒹굴며 놀았던 탓에 잘 마른 단풍잎은 조금 까칠까칠했다. 문득 내 아이의 손을 만져 보았다. 부드러웠다. 엄마 손의 감촉을 느꼈는지 아이는 잡은 손에 힘을 주었다. 제법 세게 잡으며 '엄마' 하고 불렀다.

그날 우리는 해 질 무렵 집으로 돌아왔다. 큰방에서 이불을 개키며 정리하고 있었는데, 아들의 외마디소리가 들렸다.

"앗, 뜨거워."

부엌으로 달려가니 아들이 싱크대 앞에 주저앉아서 울고 있었다.

"주전자가 뜨겁다는 것 몰랐어? 괜찮아? 큰일 날 뻔했잖아."

"소리가 나서···."

엄마의 걱정 반 다그침 반 외침에 손으로 눈물을 훔치며, 고사리 같은 왼손으로 오른손의 둘째, 셋째 손가락을 가리키며 아프다고 했다.

아들의 손을 얼음물에 재빨리 담갔다. 주전자를 짚었던 탓에 발갛게 부풀었던 손가락 끝이 다행히 가라앉았다. 조금 전에 불을 끈 가스레인지 위의 주전자에서 보리를 담은 망이 딸그락딸그락 소리를 낸 것이 원인이었다. 과연 호기심 왕성한 네 살이었다. 소리가 궁금해 뜨거운 주전자를 만졌다니….

시계를 보니 밤 아홉 시였다. 안아달라고 칭얼대며 품에 안겼다. 저도 놀랐을 터이고, 하루 종일 공원에서 뛰어다니며 논다고 피곤했을 터라, 안자마자 곧바로 잠이 들었다. 침대에 눕히고 난 뒤 새삼스레 아들의 손을 만져 보았다. 가슴이 찡했다. 이렇게 작을 수가!

아들이 처음 세상에 얼굴을 내밀 때였다. 빛을 만난 순간에 두려워할까 봐, 안심하라고, 건강하게 태어나서 기쁘다고, 태어나자마자 손을 잡고 인사했었다. 그 사랑스럽고 귀엽던 아기 손이 해를 거듭할수록 장난이 심해졌다. 때론 감당할 수 없을 정도의 궁금증에 난감할 때가 한두 번이 아니었다. 가끔 미울 때도 있었다.

해마다 이맘때쯤이다. 찬바람이 불어 단풍잎들이 흩날릴 때면 지나온 일들이 떠오른다. 아들이 엄마의 손길을 믿고 잘 자라주었듯이, 앞으로도 나는 아들이 살아가면서 삶의 고비를 겪을 때면 그의 손을 꼭 잡아줄 것이다. 초록에서 빨강, 노랑으로 곱게 변하는 잎사귀처럼 때론 고맙기도, 때론 밉기도 했던 아들의 손을 기억하며, 나는 지금, 단풍잎 한 잎을 내 손바닥에 올려본다.

가을이 담겨 있다.

당신에게 말 걸기

먼로 리프의 『꽃을 좋아하는 소 페르디난드』는 제가 좋아하는 그림책입니다. 페르디난드는 꽃향기 맡는 것을 좋아합니다. 다른 소들과 취향이 다르지만, 남들과 다르다는 점을 고민하거나 문제 삼지 않습니다.
인생에서 중요한 사람은 나 자신이고, 행복의 첫걸음은 나를 잘 알아야 된다는 이치를 페르디난드를 통해 다시 한 번 느꼈습니다.
당신이 진정으로 좋아하는 것은 무엇입니까?

분분한 사연이 제비 떼처럼

우편번호를 찾는 눈길과 주소를 쓰는 손길이 분주하다. 오고가는 발길이 끊어지지 않자, 우편물은 자루 가득 담긴다. 분분한 사연이 제비 떼처럼 모였다가 흩어지기를 반복한다. 포항우체국 풍경이다.

사람들의 모습을 눈여겨본다. 편지를 들고 있는 그들의 얼굴이 상기되어 있다. 떨어져 지내는 가족에게 소식을 전하는 마음이 고스란히 느껴진다. 그들 누구도 타인처럼 낯설지 않다.

문득, 며칠 전 읽었던 신문 기사가 떠오른다. 포항우체국은 1905년 6월 9일 연일 임시우편소로 개소했다는 내용이다. 과거에서 현재로 이어지는 오랜 세월 동안 소식을 전하는 징검다리 역할을 든든하게 수행하고 있다. 내 사연들도 그 징검다리 위를 부지런히 건너오고 건너갔다.

학창 시절, 집집마다 전화기가 놓여 사람들이 드문드문 편지를 쓸 때에도, 나는 편지 쓰는 일에 열심이었다. 친구가 바닷가 고향 마을로 되돌아갔기 때문이었다. 편지는 전화가 없는 친구와 나를 이어주는 소통의 끈이었다.

친구네는 어촌에서 도시로 이사를 왔다. 배를 탔던 아버지가 풍랑에 휩싸여 돌아가셨기에 어머니가 포구에서 힘들게 일했다. 하지만 접힌 삶은 곧게 펴지지 않았다. 대도시에 있는 공장에 나가면 수월하게 돈을 벌 수 있다는 먼 친척의 말을 믿고 옮겨왔다.

전학 온 친구는 반 아이들과 서먹서먹했다. 나이가 다른 아이들보다 두 살 많고 늘 무표정이었기 때문에 친해지기가 쉽지 않았다. 새 학기가 되어 내가 부반장이 된 직후였다. 부반장에게 솔선수범을 기대했던 선생님은 친구와 짝이 되어 사이좋게 지냈으면 좋겠다고 말씀하셨다. 그러나 데면데면한 내 행동은 하루아침에 달라지지 않았다.

어느 날, 수업을 마친 뒤였다. 친구는 나에게 자신의 집에 가지 않겠느냐며 조심스레 물었다. 마을에서 한참 떨어진 친구의 단칸방에 들어갔을 때, 나는 한쪽 구석에 놓인 낮은 책상 위의 불가사리들을 보았다. 친구는 여러 조각으로 잘라도 죽지 않고 살아나는 불가사리가 마음에 들어서 그동안 모았다고 했다.

지금 생각해 보면 친구는 불가사리를 닮은 것 같다. 불가사리는 단단한 석회질 속에 싸여 있지만 몸은 수분으로 되어 있다. 친구는 겉으로 강한 척했지만, 속으로 눈물을 가득 담고 있었는지 모른다. 빽빽한 가시를 지닌 불가사리처럼 자신을 방어하기 위해 무표정이라는 딱딱한 가시를 달고 살았던 것이리라.

친구의 어머니는 건강이 나빠졌다. 바다에서 나고 자랐던 어머니는 고향이 그리웠을 수도 있다. 결국 모녀는 바닷가 마을로 다시 돌아갔다. 이제 겨우 서로의 마음을 터놓는 사이가 되었는데…. 나는 그 후로 뉴스에서 바닷가 소식이 들려올 때면 친구를 생각하며 편지를 썼다.

우정郵政은 우정友情을 이어주는 끈끈한 조력자였다. 시간이 흘러 성인이 된 뒤, 직장에 다닐 때에도 편지지 가득 낱말을 쏟아부었다. 메마른 현실에 물꼬가 트이지 않을 때 친구에게 편지를 쓰면 속이 후련했다. 삶의 목표가 흔들릴 때마다 마음을 내뱉고 나면, 옅어지는 의지가 다시 선명하게 각인되었다. 친구 또한 사연을 옹골지게 적어 나에게 보냈다. 마을버스를 타고 읍내 우체국에 나와 편지를 부치면, 젊은 가장으로서 짊어졌던 생활의 무게가 조금은 줄어든다고 했다.

창문으로 노을빛이 찾아든다. 문 닫을 시간이 가까워졌는데도 여전히 우체국 안은 사람들로 북적댄다. 어쩌면 사람들은 누군가에게 편지를 부치면서, 발신자와 수신자가 동일인이 아닌 사실에 감사할 수도 있다. 안부를 건네는 상대가 있다는 것은 얼마나 위안이 되는 일인가.

포항우체국에서 모처럼 추억을 갈무리한다. 흘러간 세월에 아랑곳없이 편지 행간에 스며들어 있던 의미를 떠올리니 가슴 한 자락이 따스하다. 기억을 넘나드는 진실한 편지 하나 품고 있으니 살아가는 힘이 된다.

나는 지금, 포항우체국 창가에 서서 그리운 이에게 편지를 띄운다.

당신에게 말 걸기

사랑하는 것은
사랑을 받느니보다 행복하나니라.
오늘도 나는 너에게 편지를 쓰나니

– 유치환, 「행복」 중에서

당신!
누군가에게 손으로 직접 정성을 들여 편지를 써보는 것은 어떠세요.

문 자 향 에 물 들 다

내 안의 수많은 느낌표는 기록하지 않으면 소멸해 버린다. 꽃잎이 떨어져 날리면 어느 순간 흔적없이 사라지는 것처럼. 그런 연유로 촉촉한 안개 속살 더듬거리듯 마음에 고인 언어들을 탐닉하면서 가끔 글로 써서 남긴다.

며칠 전, 할머니 기일에 참석했다. 할머니께 전하고 싶은 가슴속 활자들의 여리고 긴 여음을 쫓아가다 보면, 어떤 때는 꽃봉오리가 터질 듯이 부풀어 있던 낱말들이 내 손길을 느끼자마자 흐드러지게 문자꽃을 피운다.

편지지에 문자향을 가득 담아 제사상에 올려놓았다. 할머니가 살아생전에 애지중지했던 낱말인 큰아버지 이름과 할머니 이름을 넣어 편지를 썼으니, 아마도 제사상에 오른 음식을 맛보기 전에 먼저 읽으셨으리라.

등을 구부리고 절을 하고 있으면 이따금 따스한 기운이 느껴졌다. 할머니 영혼의 자상한 손길을 내 몸이 떠올렸을 수도 있었을 것이다.

할머니는 예순의 나이를 넘기면서 한글을 배우셨다. 그해, 국군의 날이 되기 몇 달 전이었다.

"이제껏 청맹과니처럼 답답하게 글씨도 모르고 한평생 살았다 아이가."

더 늦기 전에 한글을 가르쳐 달라고 하셨다. 군대에서 젊은 나이에 돌아가셨던 큰아버지의 이름 석 자가 적힌 종이를 들고 충혼탑에 참배 갈 때 가져가고 싶다고 하셨다. 가끔 아들의 이름을 소리 내어 불러 보면 멀리 달아날까봐 애가 탄다고 하셨다. 일찍 남편을 여의고 아들을 의지하며 살아오셨던 할머니는 평소에 자식을 앞세웠다고 말씀하시며 자책하는 날이 많았다. 그런 할머니가 현충일과 국군의 날이 되면 나를 데리고 찾아간 곳이 앞산 충혼탑이었다.

자식 이름이 적힌 종이를 충혼탑 앞에 놓고 싶다는, 할머니가 유언처럼 내뱉은 말씀을 모른 척할 수 없었다. 일생 동안 어떻게든 남은 자식들만이라도 지키고 싶어 열심히 사셨던 할머니가 아니던가. 글자를 모르는 것에 잔뜩 주눅이 든 할머니가 문득 안타까웠다. 나는 할머니를 꼬옥 안아드렸다.

나는 할머니의 이름과 큰아버지의 이름을 도화지에 커다랗게 적고는 냉장고 앞에 붙였다. 글자를 그림처럼 눈에 익히기 위한 방법이었다. 그런 다음 기역, 니은, 디귿, 아주 기초적인 글자부터 가르쳐 드렸다. 내 나름대로 손 카드도 만들어서 자주 보여드렸다.

드디어 국군의 날 아침이 찾아왔다. 모시적삼을 곱게 차려입으신 할머니가 편지지에 삐뚤지만 큰아버지의 이름을 적었다. 그리고 나에게 종이를 내밀며 틀린 글씨가 있는지, 한번 봐달라고 하셨다. 할머니의 손끝이 가볍게 떨려왔다. 나 또한 종이를 받아든 손이 떨리면서 폐부 가득 눈물이 차올랐다.

"와, 울 할매 대단하데이."

내 입만 쳐다보고 계시던 할머니가 환하게 웃으셨다. 할머니는 충혼탑에 도착할 때까지 본인이 쓴 글자를 자꾸만 쓰다듬으셨다.

쪽빛 닮은 시월 햇살이 앞산 충혼탑 아래에 충만하게 쏟아졌다. 바람결에 실려 다니던 국가 유공자와 유족들의 일만 마디 말이 소나무 우듬지 위에 빼곡하게 걸려 있는 듯해 행간을 놓칠세라 열심히 읽었다.

할머니와 나는 묵념을 끝내고 계단에 나란히 앉았다. 할머니는 큰아버지의 내력을 나에게 담담히 들려주시며, 마련해 간 과일과 편지를 꺼내 놓으셨다. 그러고는 큰아버지의 이름을 부르며 보고 싶다고 눈물을 흘리셨다. 버석 마른 피부 밑에 눈물이 남아 있을 것 같지 않았지만, 신기하게도 눈물은 소맷자락을 적셨다.

생각은 말로 내뱉는 순간 허공으로 흩어진다. 손으로 부여잡고 싶어도 이미 날아가 버린 문장들은 아스라이 사라지기 일쑤다. 할머니도 살면서 체득하셨나 보다. 자식에게 보고 싶다, 그립다, 라는 말을 소리 내어 들려주는 것도 좋지만, 문자로 남겨야 울림이 더 오래 간다는 것을. 할머니 기일 때 썼던 편지를 꺼내 문자향을 흠씬 들이마신다. 할머니에 대한 퇴화되지 않은 기억이 문장으로 쏟아져 나와 내 마음자락을 적신다. 문자향은 쉼 없는 그리움으로 치환되어 잔잔한 포말을 일렁인다.

당신에게 말 걸기

피트 닥터 감독의 「인사이드 아웃」은 감정을 의인화한 영화입니다. 모든 사람의 머릿속에 존재하는 감정 컨트롤 본부에는 기쁨, 슬픔, 버럭, 까칠, 소심, 다섯 감정이 어울려 진짜 나의 모습을 만들어 줍니다.
자신의 감정을 올바르게 표현하지 못하면 마음이 우울해지겠지요.
당신도 혹시 자신의 감정을 선명하게 표현할 수 있는 문장이나 적절한 어휘를 몰라 당황했던 적이 있으신가요?

왈츠는 사랑을 싣고

나에게 사랑은 하나의 점이다. 임계점. 한 물질이 다른 성질의 물질로 변하는 계기를 임계점이라 하는데, 나에게 사랑은 임계점과 같다. 무뚝뚝한 내가 어설픈 애교를 부리며 이전의 나와는 다른 나를 만난다.

나는 첫 번째 점을 하나 둘 셋 쿵짝짝, 왈츠를 추며 찍었다. 초등학교 5학년 체육 시간에 세계 민속춤 중의 하나인 왈츠를 배웠다. 선생님은 스텝을 가르쳐 주시며 남학생의 왼손바닥에 여학생의 오른손을 얹고, 여학생의 왼손은 남학생의 오른팔 위에 얹으라고 하셨다.

우리들은 얼굴을 찡그리며 싫다고 소리를 질렀다. '남녀칠세부동석'이라는데 어떻게 손을 잡느냐고 너스레를 떠는 아이도 있었고, 남자끼리 여자끼리 하자고 타협하는 친구도 있었다. 시끄러운 소동에 선생님은 비장의 카드를 꺼내셨다. 체육 실기를 왈츠로 한다며 잘 따라하라는 엄명을 내리신 것이었다.

인사법부터 시작했다. 발의 움직임이 조화를 잘 이루어야 멋진 왈츠를 출 수 있겠지만, 그보다 인사를 제대로 해야 격식이 갖춰진 우아한 춤이 완성된다고 하셨다. 하지만 우리들은 인사를 하는 둥 마는 둥 선생님의 구령에 맞춰 동작을 익히기에 바빴다.

선생님이 카세트 버튼을 누르자 음악이 흘러나왔다. 경쾌한 음악에 맞춰 스텝을 밟으며 움직였다. 멋쩍은 듯 웃으며 딴청을 피우던 아이들이 서서히 리듬을 탔다. 선생님은 우리들이 어느 정도 기본기를 익혔다고 생각하셨던가 보다. 「밀과 보리가 자라네」 노래의 어린이 왈츠 율동을 가르쳐 주시며 모둠별로 시험을 본다고 하셨다. 반 아이들은 마주보는 짝지와 손뼉을 치기도 하고, 손을 잡고 빙글빙글 돌면서 짝을 바꾸는 동작을 반복해서 배웠다.

노래를 따라 부르며 연습하던 중이었다. "친구를 기다려 한 사람만 나오세요. 나와 함께 춤추세."를 부르며 짝을 바꿔야 했다. 그런데 내 앞의 남학생이 빙글 돌면서 다시 제자리로 왔다. 자기는 짝을 바꾸기 싫다면서. 나는 반 아이들이 보는 앞이라 얼굴을 붉히며 못마땅한 표정을 지었으나, 속으로는 친구의 엉뚱함이 싫지 않았다.

우리 둘은 소꿉놀이 친구였다. 스스럼없이 서로의 집을 오가면서 놀았는데, 언제부터인가 나는 그 애를 멀리했다. 어느 날 알게 된 친구 아빠의 대학 교수라는 직업이 부담스러웠다. 두 집안의 생활 형편을 비교하며 열등감에 빠졌다. 열등감은 때로는 진실이 아닌 것도 사실인 것처럼 믿게 만들었다. 친구네를 들락거리며 마주쳤던 그 애 어머니의 시선이 부담스러웠다. 나를 달갑게 여기지 않는구나, 스스로 단정 짓고는 마음 아파했다.

그런 나 자신이 싫어 마음속에 울타리를 쳤다. 나를 좋아한다고 고백하려던 친구의 마음이 넘어오지 않기를 바랐지만, 사실은 그 애를 바라보는 것마저 설렜던 자신을 단속하기 위한 처방이었다.

친구의 진심이 나비처럼 춤추듯 날아든 것은 순전히 왈츠 때문이었다. 설레며 두근거리는 내 마음의 박자와 왈츠의 리듬은 기분 좋게 일치했다. 그렇게 첫사랑은 왈츠를 추며 내 마음에 점을 찍었다. 임계점. 열등감이 옅어지며 더 이상 친구 앞에 섰을 때 주눅들지 않았다. 예전처럼 친구의 집 서재 가득 꽂혀 있던 책을 빌려 읽기도 하고, 마당 한켠에 붉게 익은 석류를 따다 함께 나눠 먹기도 했다.

우리 둘이 만들어 갈 이야기는 석류 알맹이처럼 빼곡할 줄 알았다. 그러나 학년이 끝나갈 무렵, 친구네가 멀리 이사를 가면서 끝이 났다. 새콤달콤하면서도 아쉬운 기억만을 남긴 채로. 그렇게 시나브로 내 기억 속에서 그 아이는 잊혀졌다.

아니, 잊힌 줄 알았다. 살면서 문득 나도 모르게 「밀과 보리가 자라네」 노래를 흥얼거릴 때면, 고개가 저절로 까닥거려지고 발장단은 신명이 난다. 그러면서 유난히 머루처럼 까맣던 친구의 눈동자를 아스라이 떠올리며 주위를 두리번거린다.

첫사랑을 만날 것만 같은 기대 때문이었을까? 어렸을 때 내 눈빛이 반짝였던 순간을 떠올리며, 그리움이라는 또 다른 점 하나를 찍는다.

당신에게 말 걸기

김대승 감독의 「번지점프를 하다」에는 주인공들이 노을이 내린 바닷가 솔숲에서 왈츠를 추는 장면이 나옵니다.
배경 음악은 러시아 출신 음악가 드미트리 쇼스타코비치의 오케스트라를 위한 모음곡 중 왈츠 2번입니다. 훗날 주인공 인우는 이 왈츠를 들으며 대학 시절의 첫사랑 태희를 떠올립니다.
당신은 '왈츠'라는 단어를 떠올리면 어떤 추억이 떠오르나요?

정情을 건네다

남편의 모습에 모처럼 활기가 넘친다. 봉사를 가는 주말 아침이면 다른 때보다 일찍 일어나 부지런을 떤다. 그를 보며 앞만 보고 달려온 우리 부부에게도 이제 주변 사람을 돌아볼 수 있는 여유가 생겼다는 걸 느낀다.

몇 년 전, 남편은 수지침을 배워 자격증을 땄다. 그러더니 회사 자매 마을에 가서 봉사 활동을 시작했다. 처음에는 보람된 일을 하는 남편이 듬직했지만, 시간이 지날수록 못마땅했다. 나는 남편에게 바깥 봉사도 좋지만, 우리 집을 돕는 봉사도 좀 하라고 잔소리를 했다. 아내인 나도 직장 일과 집안일, 어린 삼 남매 키우는 일이 힘에 부친다고 볼멘소리를 했다. 처음에는 입안에서만 얌전하게 맴돌던 말이었다. 나중에는 가시가 섞인 채 입 밖으로 튀어나왔다.

서로 얼굴 붉히기를 몇 차례 주고받던 어느 날이었다. 남편은 나에게 자신이 봉사하는 곳에 가보자며 조심스레 권했다. 나는 마지못해 따라나섰다. 한적한 바닷가 마을이었다. 늦가을 바닷바람이 목덜미에 파고들어 자꾸만 어깨를 움츠리게 하는 아침이라 그런지 오가는 사람이 보이지 않았다. 우리가 찾아간 마을회관 역시 썰렁했다.

시간이 흐르자 할머니 한 분이 남편을 마주하고 앉았다. 할머니는 온몸이 다 쑤신다고 했다. 남편은 할머니의 거뭇하고 투박한 손 여기저기에 침을 꽂았다. 뻗은 손이 힘들었던지 할머니가 팔꿈치를 허벅지에 대자, 기다렸다는 듯이 허리가 저절로 굽어졌다. 할머니의 허리는 꼬부라진 자세가 더 편하다고 부추기는 듯했다. 한참을 절하듯 그렇게 있었다.

남편이 할머니의 손을 뒤집어 새끼손가락의 상처를 가리켰다. 곪아 탱탱해진 것을 보고 가족과 함께 병원에 서둘러 가보라고 권했다. "가족은 무슨…." 시무룩한 표정으로 고개를 저었다. 속속들이 사정을 알지 못하니 코끝이 찡해지며 마음 한켠이 아렸다. 잠시나마 따뜻한 시선으로 관심을 기울인다면 할머니의 꼭꼭 숨겨진 사연이 망설이지 않고 이야기보따리 속에서 튀어나올 것만 같았다.

나는 할머니의 어깨를 주무르며 말동무를 자청했다. 할머니는 조금 전의 침울한 얼굴은 온데간데없고 이내 함박꽃같이 환한 표정을 지었다. 이마의 주름살이 펴질 듯 소리 내어 웃기도 했다. 오랜만에 이웃집으로 마실 나온 아낙네처럼 이야기를 쏟아 놓았다.

할머니는 침을 빼자마자 내 손을 잡았다. 그러고는 주머니를 뒤져 속에 든 것을 꺼냈다. 종이 부스러기에 섞여 사탕 한 알이 나왔다. 그 사탕을 손에 꼭 쥐어주고는 말했다.

"고맙데이. 복 받을 끼다."

할머니의 눈가가 촉촉이 젖었다. 선착장에 묶여 있는 배처럼 사람이 그리우셨던 것이다. 모처럼 당신 걱정을 하는 이들과 얼굴을 맞댄 시간이 어쩌면 메마른 마음에 훈훈한 단비를 적셔 가는 일이 되었을 터이다.

우리네 인생살이도 마찬가지이리라. 나부터 마음의 문을 열어야 상대도 내 손잡기를 주저하지 않을 것이다. 처음에는 다가가기 힘들었지만 할머니에게 바투 다가앉으니, 모자란 것이 많은 나에게 정을 내셨다. 사람은 혼자서는 살 수 없다는 단순한 진리를 할머니에게서 배웠다. 가족이 아니면 어떤가, 내 마음자리에 누군가를 들여놓는 것은 생각보다 많은 힘이 필요하지 않았다.

남편은 내 손을 잡으며 부드러운 말투로 자신은 행복하다고 했다. 요즈음 가족 아닌 타인에게 "복 받을 것이다. 고맙다."라는 말을 어디 가서 들을 수 있겠느냐며 웃었다. 온기 머금은 웃음 때문에 그동안 응어리졌던 내 시린 마음이 봄눈 녹듯 흘러내렸다. 나는 예민했던 내 몸의 신경들이 느긋해지는 것을 느끼며 사탕 쥔 손에 힘을 주었다. 수지침을 꽂으며 사람에 대한 정情을 덤으로 건넨 남편의 마음이 내 마음밭으로 또르르 굴러 들어왔다.

오늘 아침도 돋을볕을 맞으며 남편이 재바르게 움직인다. 봉사 활동을 나가기 위해 수지침 가방을 꼼꼼히 살피는 모습을 보며, 나 역시 남편을 뒤따르기 위해 부지런을 떤다. 그런 나를 남편이 자상한 눈빛으로 바라본다. 따스한 돋을볕이 천천히 나에게로 옮겨온다.

당신에게 말 걸기

권자경의 그림책 『가시소년』의 주인공은 말할 때마다 뾰족한 가시가 쏟아져 나오는 어린이입니다. 가시소년의 솔직한 마음은 다른 사람들에게 관심을 받고 싶고, 친구들과 어울리기를 원하지만, 어떻게 표현할지 몰라 거칠게 자기방어에만 급급하지요. 하지만 자신의 말과 행동으로 인해 혼자가 되는 경험을 한 뒤에, 가시를 없애기 위해 용기를 냅니다.

당신의 진심이 상대방에게 잘 전달될 수 있도록, 당신은 평소에 어떤 노력을 하나요?

단심가를 읊어본다

괭이갈매기와 슴새가 해수면 위로 미끄러진다. 파랑돔과 자리돔이 잔잔한 물결을 일으키며 바다를 정독한다. 섬기린초와 왕해국은 바람에 몸을 맡긴 듯 리듬감 있게 움직이며 술렁인다.

지금 이 순간, 난류와 해류가 만나는가. 대양을 휘돌아 고향 같은 독도 앞바다로 조금 전에 찾아들었는지, 가쁜 숨을 몰아쉬며 물비늘을 쏟아낸다. 푸르고도 깊은 그리움을 연신 토해낸다. 여러 날을 돌아 애타게 찾아오고 싶었던 어머니의 자궁 같은 아늑한 곳인가 보다.

저 해류는 거친 세상 바람에 쫓기듯 바닷속을 흔들고 다녔으리라. 그래도 반만년 사모의 정은 식을 줄 모르고, 애써 찾아와 보고 싶었던 마음을 한껏 부려놓는다. 묵은 갈증을 축이듯 덩달아 수많은 바다 생물이 어우렁더우렁 한바탕 잔치를 벌인다.

동해 해류의 맥을 짚어보기 위해 바다에 손을 담근다. 가슴속에서 펄떡이는 내 피 또한 뜨거워지고, 독도로 향한 내 영혼마저 자유로워지는 것 같다. 해조음과 어우러진 손이 일정한 가락을 타고 중모리장단에서 휘모리장단으로 급물살을 타면, 나는 눈이 시리도록 푸른 꿈을 꾼다.

서둘러 달려온 마음을 내려놓고 천천히 바위를 음미한다. 큰가제바위, 독립문바위, 해녀바위, 상장군바위가 제 이름을 불러달라는 듯 신호를 보내며 우뚝 서 있다. 겉보기에는 무뚝뚝해 보이나 저마다 품속에 온갖 생명을 보듬어 기르고 있는 다정다감한 그들이 아닌가.

푸른 파도를 철썩이며 연이어 타전을 부친다. 큰가제바위는 가제라 불리던 바다사자가 모여 살았던 곳으로 하늘창문처럼 아름다운 물속 풍경을 볼 수 있는 장소다. 독립문바위는 독도에서 가장 아름다운 곳으로 천국의 문으로 가는 길이라 불린다. 해녀바위는 넓적바위들과 모래바닥이 평화로운 정원 풍경을 만들어 녹색정원으로 불리고, 상장군바위는 서도 바위들 중 위압적인 모양새를 가졌다고 자랑한다.

동도에는 한반도 지형을 닮은 부분이 있다. 백두대간 등줄기에서 떨어져 나왔음을 증명하는 것이다. 오랜 세월 동안, 일월풍진에 제 살을 깎아낸 돌섬치고는 의연하다. 460만 년 된 섬의 골격 안에 한반도의 내력이 담겨 있어 오늘도 해수면 위에서 옴팡지게 중심을 잡고 있기 때문이리라. 고단하고 질곡 많은 역사 속에서 수시로 태풍을 만났던 어선처럼 겨레가 떨었을 때에도 꿋꿋한 절개를 잃지 않고 바다 밑으로 뿌리를 내렸다. 바다로 뻗어나간 뿌리가 북으로 남으로, 심해에서 맞잡은 손이 한

반도가 흔들리지 않게 붙잡아 주었기에 대한민국이 건재할 수 있었을 것이다.

독도는 한반도의 동쪽 끝에 위치해 있다. 곧은 척추 우뚝 세우고 동도와 서도가 어깨를 겯고 다정스레 앉아 있다. 끝은 새로운 시작점이 아니었던가. 다가오는 미래는 독도에서 시작되는 문명 발달사를 써 내려가는 것도 좋을 듯하다. "바다를 지배하는 자가 세계를 지배한다."라는 월터 롤리의 말처럼 지구에 남은 마지막 미개척지인 바다를 다스리는 것은 모든 나라의 소망이다. 독도처럼 바다 밑에 광물자원과 해양 생물 자원이 풍부한 곳은 더욱 소중한 보물 창고다.

그런 연유인가. 일본은 호시탐탐 독도를 노리고 있다. 한국전쟁이 끝나고 우리나라의 정세가 불안할 때 일본 어선은 독도 인근에 무시로 드나들어 울릉도 주민들의 어로 활동을 위협했다. 이에 독도 의용수비대는 홍순칠 대장의 지휘 아래 독도에 머물렀다. 뒤를 이어 한국 정부 또한 경비초소와 등대를 설치하고 경찰을 파견했다. 독도 의용수비대가 독도를 선점했기에 지금까지 우리는 '실효적 지배'라는 국제법의 인정을 받을 수 있었다.

그러나 국제 정세가 어떻게 변할지 모르니 독도 수호를 위한 제도적 논거를 충실히 만들어야 한다. 적확한 논리와 증거를 갖추고 국민 모두가 독도 지킴이가 된다는 각오를 다져야 할 것이다. 독도 하늘과 땅의 기운을 가슴속에 음각하여 서로 합일해야 되리라. 독도의 지문을 온몸에 선명하게 찍고, 한민족의 참된 정체성과 자존감을 회복해야만 한다.

동도에는 이사부길이 있다. 신라 시대 하슬라 군주였던 이사부가 우산국을 복속한 뒤부터 독도는 대한민국의 영토가 되었다. 그의 발자취를 더듬어 바닷바람도 발자국을 가만히 얹어 본다. 장군의 넋이 아직도 독도를 수호하기 위해 섬을 맴도는 것 같다.

서도에는 안용복길이 있다. 안용복이 누구던가. 일본으로 건너가 울릉도와 독도가 조선의 영토임을 확인하고 에도막부로부터 서계書契를 받은 이가 아니던가. 오늘날 일본의 행동에 대한 그의 분기탱천한 목소리가 들리는 것 같아 내 가슴이 저릿하다.

선조들의 숨결이 전해진다. 이 땅의 후손인 것이 자랑스럽고 감동적이다. 독도를 수호해 주는, 보이지 않는 손길을 온몸으로 느끼니, 갑옷을 입은 듯 든든하다. 그러나 독도를 지키는 일에 소홀해서는 안 된다. 방심하면 갑옷이 뚫려 내 것을 남에게 빼앗길 수도 있다. 독도를 지키는 일은 선택의 문제가 아니라, 선인들이 우리에게 주신 필연적 사명이다.

바람결에 섬이 읊는 시조 한 수가 들려온다.

이 몸이 죽고 죽어 일백 번 고쳐 죽어 백골이 진토 되어 넋이라도 있고 없고 임 향한 일편단심이야 가실 줄이 있으랴.

포은의 「단심가」가 아닌가. 독도가 다른 민족의 것이 아닌 애오라지 백의민족의 소유임을 스스로 명징하는 되새김이리라. 물아일체物我一體. 해수면 깊이 뿌리 내려진 신뢰의 끈이 내 몸과 연결되는 것 같다. 독도를 따라 나도 단심가를 읊어본다. 동해의 거룩한 혼, 독도여! 무량한 존경심이 내 온몸으로 번진다.

당신에게 말 걸기

독도에서는 괭이갈매기의 똥이 유용하다고 합니다. 육지와 동떨어져 있어 독도와 그 주변에 사는 생물들에게는 항상 영양분이 부족한데, 새똥에는 영양분이 많기에 플랑크톤 같은 작은 생물은 그 똥을 먹으며 영양분을 섭취한다고 합니다.
또한 괭이갈매기의 똥은 독도의 토양을 좋게 만든다고 합니다. 화산재가 쌓여 만들어진 화산섬인 독도 땅에는 흙이 거의 없기에 식물이 자라기에는 힘이 듭니다. 식물들은 괭이갈매기의 똥을 양분으로 삼아 잘 자란다고 합니다.
저는 평소에 새똥을 하찮게 여겼습니다. 그런데 괭이갈매기 똥의 유용성을 듣고는 다시 한 번 깨달았습니다. 이 세상에 존재하는 모든 것은 가치를 지니고 있다는 사실을 말입니다.
문득 궁금하네요.
당신은 어떤 사물의 가치가 새롭게 재인식된 경우가 있었나요?

조화의 미학

아침부터 내리던 비가 어느새 물안개가 되어 산자락 사이로 피어오른다. 물의 윤회 속에 녹아든 풍경을 눈에 담으며 사방이 산으로 둘러싸인 고즈넉한 남흥마을을 거닌다. 세월의 더께가 쌓여 있고, 오래된 이야기가 고스란히 살아 있는 안동의 남흥마을은 언제 둘러보아도 상념을 잊게 한다. 생활 속에서 가졌던 날선 마음이 한결 누그러지고 편안하다.

가파른 길을 휘감아 따라가다 보면, 가장 높은 곳에 남흥재사南興齋舍가 있다. 재사齋舍는 가문을 중시하는 양반 사회가 낳은 조선 시대의 독특한 건축 양식이다. 이곳은 고려 공민왕 때 판서를 지낸 남휘주와 그의 아들 민생의 묘를 수호하고, 제사를 준비하기 위하여 세운 건물로 형식의 완성도가 높다.

남흥재사의 첫인상은 위압적이고 도도하다. 높은 기단에 하늘로 솟구치듯이 솟아오른 건물의 겉모습 때문에 안으로 쉽게 발걸음이 옮겨지지 않는다. 자신과 가문을 동일시하고 집안의 위세를 드러내기 위해 재사 건물을 웅장하게 만들었다고 들었다.

건물에 맴도는 적요를 깨우지 않으려 조신하게 둘러본다. 높은 기단을 가르는 7단의 자연석 계단을 오른다. 조상의 생애를 반추하며 계단을 올랐을 영양 남씨 후손들을 떠올리며 옛 선인들의 발자취를 따른다. 한 개인의 존재에 대한 근원적 물음이 조상에서부터 시작된다고 본다면, 묘제를 지내는 이의 마음가짐은 다소곳해질 수밖에 없다.

유사와 종손의 방이 누마루와 함께 나란히 있다. 서쪽 일부, 안마당 쪽으로 터져 있는 곳이 누마루다. 누마루와 대청이 이어지면서 답답하던 공간이 열린 공간이 되자, 내 마음도 확 트이며 여유로워진다. 누마루는 선산의 위치와 깊은 관계가 있는데, 이곳에서도 산 쪽에 있는 영양 남씨의 묘를 볼 수 있다. 치밀하게 고려하여 건물을 짓는 조선 시대 건축 장인들의 손길을 감상할 수 있다.

누마루 앞에 서서 친정아버지 제삿날을 떠올려 본다. 제사가 시작되면 남동생이 지방 앞으로 나가 향을 피운다. 향은 살아 있는 자와 죽은 자를 이어 주고, 더러운 것을 깨끗하게 한다는 뜻을 지닌다. 향불을 보며 나 또한 바쁜 일상 속에서 자주 떠올리지 못했던 생전의 친정아버지를 그리워한다.

얼마 전부터 제사에 임하는 내 마음가짐이 바뀌었다. 예전에는 돌아가신 분에게 잘해주지 못했던 기억을 떠올리며 우울해했다면, 최근에는 즐거웠던 기억을 떠올리며 제사 음식을 준비하고 상을 차린다.

제삿날의 의미를 되새겨 본다. 제삿날은 멀리 떨어져 사느라 한동안 소원했던 식구들과 화합을 다지고, 돌아가신 조상과의 소중한 추억을 나누고 기억하는 유익한 시간이다. 서로 못다 한 이야기와 경조사를 의논하며 정을 나누기도 한다. 그래서인지 제사는 조상과 후손을 강하게 결속시키고 이어주는 끈인 것 같다.

계단을 오르는 좌우로는 2단의 높은 석축이 있다. 아래쪽 석축이 위쪽 석축보다 높다. 좌우의 균형은 고려되지 않았다. 남흥재사를 수식하고 있는 미학은 균형과 통일의 미학이라고 하기보다는 조화의 미학이라고 한다. 마치 윗대 조상의 전통을 이어받아 조화를 이루려는 듯한 후손의 마음이 느껴진다.

요즘 집안에 따라 제삿날 풍습이 바뀌어 간다. 명절 때 차례를 지내지 않고 가족 여행을 가는 집도 간혹 만난다. 우리 집도 간소화되었다. 일 년에 아홉 번, 무던히 제사상에 진설할 음식을 준비하셨던 어머니가 몇 년 전부터 제사 횟수를 줄이셨다. 직장 생활을 하며 아이를 키우는 남동생 부부를 위한 배려 때문이다.

전통 제례를 따르는 것도 좋다. 하지만 현실에 맞게 융통성을 발휘해 조화를 이루며 정성껏 지내는 것도 삶의 지혜일 것 같다. 제사를 대하는 가풍은 달라져도 조상을 생각하는 경건한 마음은 변하지 않으므로.

남흥재사가 들려주는 이야기에 귀를 기울이고 있다. 남흥재사는 유교 문화를 계승하고 있는 정신적 문화유산이다. 그 속에 담긴 지혜와 가치를 생각하니, 자부심으로 내 가슴이 충만해진다.

당신에게 말 걸기

정세랑의 장편소설 『시선으로부터,』의 주인공 심시선은 생전에 "형식만 남고 마음이 사라지면 고생일 뿐"이라고 제사를 반대했습니다. 그런데 장녀 명혜가 어느 날, 엄마의 10주기 제사를 예전에 심시선이 살았던 하와이에서 지내자고 의견을 냈어요. 결국 그들은 하와이로 가서 시선이 좋아할 만한 것들로 제사상을 차리고 그녀와의 추억을 떠올렸습니다. 전통적 제례에서 벗어나 그들 가족만의 방식으로 제사를 지냈습니다.
전통적으로 내려오는 예법 중 현대인의 생활에 맞게 변화하면 좋을 것 같은 부분이 있을까요?

내 가슴이 뛰니 숭어도 뛰고

지난 주말, 친구들과 부부 동반으로 길을 나섰다. 순천까지 네 시간 반쯤 걸릴 줄 알았는데 생각보다 지체되었다. 단풍철의 토요일 오후라서 그런지 여행객이 많은 것 같았다. 목적지인 순천에 못미처 벌써 주위가 어둑어둑해졌다. 우리들은 광양에서 묵기로 하고 인터체인지를 빠져나와 가까운 음식점을 찾았다. 저녁 메뉴는 그 유명한 광양불고기였다. 불고기 한 점을 입에 넣었다. 여행지에서의 들뜬 기분 때문이었을까, 고기가 유달리 맛있었다. 색다른 경치를 감상하는 것도 여행의 멋이지만, 그 고장의 음식을 맛보는 것도 큰 즐거움이리라.

우리들은 포만감으로 행복해진 몸과 마음을 다독이며 숙소에 도착했다. 모처럼의 여행인데 그냥 잠들 수는 없었다. 일행 중 한 명이 술을 마시자고 권했다. 마침 고향이 광양인 동행이 있었기에 그가 지역 특산품이라며 매실동동주를 사 왔다.

매실동동주는 섬진강변의 매화향이 빚어낸 술이라고 한다. 섬진강변의 매화. 봄이면 매화축제로 강 마을이 온통 떠들썩하다는 그 꽃! 봄바람에 하르르 흩어지던 꽃잎이 술잔에 아른거렸다. 술을 마실 줄 모르는 친구 남편도 연거푸 두 잔이나 비웠다. 우리들은 다음날 새벽에 섬진강 물안개를 보고 순천만은 한낮에 가기로 결정했다.

다음날 아침, 서두른다고 했지만 물안개는 놓쳤다. 섬진강은 벌써 깨어 있었다. 그늘 짙은 송림을 지나 군데군데 대숲을 끼고, 혹은 고운 모래밭을 적시며 흐르고 있었다. 섬진강은 평소 마음으로 그리워했던 것보다 훨씬 더 푸르렀다. 물안개를 놓친 허전함을 재첩국으로 풀었다. 강변을 따라 재첩국 식당이 저마다 '원조' 라는 간판을 달고 늘어서 있었다. 역시 재첩국은 아침식사로 그만이었다. 담백하고 시원했다. 특히 간밤의 동동주에 취했던 남자들은 속이 확 풀린다고 입을 모았다.

그 맛 그대로 집에 가져가고 싶었다. 마침 식당에서도 포장을 해 준다기에 사려고 하니, '광양 사람' 이 옆구리를 찔렀다. 식당을 나와 그가 우리를 데려간 곳은 하동 버스 정류장이었다. 정류장 옆 골목에 '재첩국 할머니들' 이 앉아 있었다. 커다란 찜통 가득히 재첩국이 끓고 있었다.

할머니들은 인심도 좋았다. 산다는 말을 꺼내기도 전에 우리에게 한 대접씩 권했다. 식당 것에 비할 바가 아니었다. 국물이 우윳빛이었다. 잘 우러난 곰국 같았다. 할머니의 정까지 더해진 뜨거운 국물에 가슴까지 훈훈해졌다.

순천으로 향했다. 순천에 들어서니, '아름다운 사람들의 도시' 라는 문구가 먼저 눈에 띄었다. 어찌 사람뿐이겠는가. 창창한 가을 하늘 아래에서 한들한들 춤추는 구절초의 몸짓 또한 아름다웠다.

드디어 대대포구에 도착했다. 끝 간 데 없이 펼쳐진 갈대밭의 풍경은 장엄했다. 보고 있으려니, 마치 논둑에 서서 누렇게 잘 익은 벼논을 지켜보는 농부라도 된 듯 했다. 갯바람에 물결치는 갈대밭은 기대를 저버리지 않았다. 물억새, 쑥부쟁이가 곳곳마다 크고 작은 무리를 이루고 있었다. 그리고 하구의 갈대밭 저편에는 불그스레한 칠면초 군락지도 들어서 있었다. 계절마다 색색의 옷을 갈아입는 칠면초는 멋스러웠다. 한 폭의 풍경화를 보는 듯 내 눈이 호사하는 순간이었다.

갈대밭을 한 바퀴 돌아보기 위해 배를 탔다. 갯벌에는 새들이 군데군데 무리지어 앉아 있었다. 갯벌에 내리쬐는 가을햇살을 즐기는 듯, 갈대들의 수런거림에 귀를 기울이는 듯, 잘 보전된 갈대 군락은 새들에게 은신처다. 이곳에는 철새들이 많이 찾아오는데, 국제보호조인 흑두루미, 검은머리갈매기와 같은 조류 외에도 저어새, 황새, 흑부리오리, 민물도요 등속이 서식하고 있었다.

그때 갑자기 새들이 일제히 날아올랐다. 나는 눈을 의심했다. 새떼가 아니라 나비 떼가 날아오르는 것처럼 보였기 때문이다. 아, 아름다운 비상飛上!

갈대밭을 품고 있는 순천만은 물빛 또한 갈대 빛깔을 닮아 있었다. 갈빛 물살을 가르며 배는 앞으로 나아갔다. 그때, 배 뒷머리에 있던 남편이 소리쳤다.

"물고기가 날아올랐다!"

이게 무슨 소리인가. 뒤돌아보니 숭어였다. 장정 팔뚝만한 숭어가 배 안에서 펄떡거렸다. 숭어도 물속에서 내 심장 뛰는 소리를 들었을까? 여행의 기쁨으로 내 가슴이 뛰니 숭어도 덩달아 뛰어올랐는가? 숭어가 힘이 좋아 간간이 그렇게 뛰어든다며 선장은 숭어를 우리에게 주었다. 갑자기 우리에게 뛰어든 숭어는 이번 여행의 느낌표였다. 아주 크고, 아주 힘찬 느낌표….

여유롭게 흐르던 물결 위로 햇살이 저물었다. 갈대밭 틈새로 땅거미가 짙게 내려앉자, 갈대 빛깔도 물빛도 변했다. 장소에 따라 감흥도 달리하는 법이다. 이번에는 마치 내가 순천만 갈대라도 된 것처럼 석양의 붉은 노을 기운을 온몸으로 받아들였다. 감동의 전율이 흘렀다. 물아일체가 이런 것이던가.

여행은 삶을 따뜻하게 해준다. 혼자만의 여행도 좋고 가족끼리의 여행도 좋지만, 가끔은 다정한 벗들과 떠나고 싶다. 같은 추억을 만들어 두고두고 이야기할 수 있다는 것은 기쁨이다. 이번 순천만 여행은 다른 날보다 기대 이상으로 큰 수확이었다. 내 마음밭이 순천만의 갈대밭처럼 넓어진 느낌이었다.

당신에게 말 걸기

섬진강의 시인 김용택은 말합니다.

> 우리의 삶에서 사물이나 현상 등을 찬찬히, 자세히, 느긋하고 섬세하게 바라보자. 그러면 자연히 취할 것은 취하고 버릴 것은 버릴 줄 알게 된다. 삶을 바라보는 법을 알게 되면, 관계를 생각하게 되고 이를 정리한 것이 바로 글이 되는 것이다.

당신도 무언가를 섬세하게 바라본 적이 있나요?

윤장대를 돌리다

예천 용문사는 소백산의 깊은 품속에 자리 잡고 있다. 바람의 지문이 선명하게 찍혀 있는 단풍나무 사이를 걸으며 생각의 깃을 세운다. 나직이 속살거리는 나무의 이야기를 음미하다 보니, 어느새 회전문 앞이다.

합장한 채로 자운루를 올려다본다. 임진왜란 때 승병들의 회담장소로 호국불교의 정신을 되새길 수 있는 곳이다. 호국의 염원이 응집된 소리를 내 마음속에 받아 적으며 대장전으로 향한다.

용문사에 도착하면 할머니는 곧장 대장전을 찾았다. 팔만대장경의 일부를 보관하기 위해 세운 전각으로 그 자체가 보물이다. 대장전 안에는 4개의 보물이 모셔져 있다. 손 회전식 경장인 윤장대 2좌는 우리나라에서 유일하게 용문사에만 남아 있고, 목각후불탱, 목조아미타여래삼존좌

상은 지금까지 알려진 것 중 가장 오래된 목각탱화다.

법당에서 만나는 할머니의 얼굴은 범접할 수 없는 기품이 서렸다. 다소곳이 걷는 모습은 근엄했다. 향을 피우고 꾸밈도 어색함도 없이 자연스레 두 손을 모으고 거듭 절을 했다. 할머니의 작은 체구 어디에서 저런 기운이 솟는 것일까? 오직 부처와 일체가 되려는 몸짓이었다. 그런 할머니를 바라보며 나는 누가 시키지 않아도 당연하다는 듯이 절을 했다.

길고 정성스러운 절이 끝나면, 불단 양옆에 놓인 윤장대輪藏臺를 돌렸다. 불교에서 경전을 넣은 책장에 축을 달아 돌릴 수 있게 만든 것을 윤장대라고 한다. 고려 명종 때 자엄스님이 글을 읽지 못하는 중생들도 깨달음의 길에 이르고 소원성취 하도록 안치했다. 경전을 몰라도 책장을 한 번 돌리면 일만 번의 다라니경을 읽은 공덕을 쌓게 된다. 귀중한 문화재이기에 훼손을 우려하여 요즘은 음력 3월 3일과 음력 9월 9일 두 번만 돌릴 수 있다.

윤장대는 전륜장轉輪藏이라고도 한다. 겹처마의 팔각지붕 형태에 치밀하게 짠 공포로 이루어진 다포계 양식으로, 8면의 각 면에 문을 하나씩 달았다. 문을 열면 8면에 서가처럼 단이 만들어져 경전을 꺼내볼 수 있도록 하였다. 문은 좌우로 구분되어 4개의 문에는 꽃무늬 창살이, 다른 4개의 문에는 빗살무늬 창살이 정교하게 꾸며져 있다. 꽃살문에는 8개의 다양한 꽃 조각이 장식되어 있는데, 꽃잎마다 아포리즘이 얽혀 있는 것 같아 저릿한 감동으로 다가온다.

윤장대는 마치 팔각 목조건물을 축소해 놓은 것 같다. 팽이 모양으로 뾰족하게 깎아 잘 돌아갈 수 있도록 설계한 아랫부분은 낙양처럼 조각

장식을 하고, 한쪽 모서리에는 긴 손잡이를 마련하여 그것을 잡고 경장을 돌릴 수 있도록 했다. 오랜 시간이 지나면서 벗겨지고 마모된 손잡이에는 할머니의 애절한 손길이 스며있다.

할머니는 일찍 남편을 여의고 자식을 의지해 살았다. 그런데 육 남매 중 세 명의 자식을 먼저 앞세웠다. 할머니는 전생에 죄를 많이 지어 목숨 같은 자식들이 단명했다고 통곡하면서 슬퍼하는 날이 많았다. 그러면서 점점 타인 만나기를 꺼려했다. 사람과 사람 사이의 관계 속에서 상처를 입지 않으면 좋으련만. 할머니에게 이어지는 모든 관계의 줄 위에서 허둥대며 바투 다가서지 못했다. 상실감이 가슴속에서 똬리를 틀고 쉽게 수그러들지 않았다. 지속되는 우울감을 극복하지 못해 몸과 마음이 지쳐갔다.

어느 날 할머니는 윤장대에 관한 이야기를 병문안 왔던 이웃에게 전해 들었다. 글을 읽고 쓸 줄 몰랐던 할머니였다. 윤장대를 의지해 돌리면 경전을 읽지 않고도 부처님께 공덕을 쌓고, 죄와 업장을 소멸시킬 수 있다고 하니, 각별하게 와 닿았다. 그길로 용문사를 찾아가서는 윤장대를 돌렸다.

할머니는 손잡이를 잡고 돌리면서 정성을 다해 빌었다. 할아버지와 세 아들이 극락에 가서 편안하게 살기를 바라는 마음으로 간절하게 기원했다. 시간이 지날수록 가슴속에 서린 응어리가 풀렸다고 했다. 원망하던 마음이 누그러지고, 생활의 모든 번뇌와 시름을 잠시나마 잊을 수 있었단다. 영혼까지 맑아지는 느낌을 받으니 의심하는 마음 없이 온몸으로 윤장대를 믿고 받아들였다.

대장전 가득 향내가 자욱하다. 소신공양하는 향을 보니 숙연해지며, 자손을 위해 무릎이 닳도록 절을 하신 할머니의 모습이 겹쳐진다. 경내를 떠돌던 기원의 말들이 내 두 눈에 닿아 눈물방울로 맺혀 흘렀다. 할머니를 보고 싶어 하는 웅숭깊은 마음 탓에 내 가슴마저 촉촉하게 젖어 든다.

할머니의 손길을 느끼고 싶어 윤장대를 돌린다. 할머니에 대한 먹먹한 기억과 다정한 추억 인자들이 손잡이에 옹이처럼 내포되어 있는 것만 같다. 품새를 찬찬히 훑어보며 눈에 담고 있는데, 바람결에 목탁 소리가 달려와 내 가슴에 안긴다. 부처님의 설법인 해조음이 들리는 듯해 두 눈 감고 합장한다.

당신에게 말 걸기

'기도'라는 낱말을 만나면 밀레의 「만종」이 떠오릅니다. 황혼이 깃든 밭에서 농민 부부가 하던 일을 멈추고 교회의 종소리를 들으며 기도하는 모습을 표현한 그림이지요. 그들은 무슨 기도를 했을까요?
당신도 가끔 기도를 하시나요?

더 이상 문은 녹슬지 않는다

세상으로 향한 모든 인생길의 시작과 끝은 문이 아닐까. 어머니의 자궁문을 열고 세상에 발을 내딛는 순간부터 한평생 온갖 종류의 문을 여닫기 반복하다가 마침내 삶의 종착지에는 장례식장에서 생의 문을 닫는다.

인생 시계의 가을에 접어들면서 그동안 지나왔던 무수한 문을 생각해 본다. 자동문처럼 쉽게 열린 적도 있었고, 굳게 닫힌 문을 두 손으로 힘껏 잡아당겨 겨우 열던 때도 있었다. 돌이켜 보건대 내가 건너왔던 문들은 모두 나의 내력을 지녔다. 가끔은 추억의 빗장을 열고 그 문들 속으로 성큼성큼 들어가기도 하지만, 오늘은 차마 잊지 못하고 머뭇대며 찾아가기를 별렀던 문을 보러 길을 나선다.

산중턱에 대문을 품고 있는 집 한 채가 보인다. 굴곡진 우리네 삶처럼 구불구불한 길을 따라 오르다 보면 고즈넉하게 웅크리고 있는 아담한 집을 만날 수 있다. 세월에 부대끼고 풍상에 시달렸어도 우리 가족의 이야기를 담고 있는 한 권의 책으로, 집은 남아 있다.

30년이 훌쩍 지난 지금, 학창 시절에 살았던 집 앞에 선다. 가을 햇볕에 물드는 단풍처럼 문간을 넘나드는 이들의 들숨과 날숨이 대문에 스며든 것만 같아 여기저기 시선을 옮겨본다. 내 눈길 끝에 예전의 문소리가 끼익 달려 나온다. 그 당시 우리 식구가 대문을 열고 닫을 때는 유달리 삐걱대는 소리가 잦았다. 친정아버지의 평온을 유지하지 못했던 마음이 대문에 옮겨져 그 아픔의 무게에 짓눌렸던 연유 때문인지 돌쩌귀가 빠져 슬픈 울음소리를 냈다.

사람 좋기로 소문난 아버지였다. 집안일을 돌보는 것보다 직장이나 친척들의 걱정거리에 앞장섰다. 아버지는 크든 작든 보증서는 일 또한 도맡다시피 했다. 그로 인해 몇 번의 큰 경제적 손실을 겪었지만 누군가 부탁을 하면 쉽게 거절을 못했다.

어느 해, 아버지는 어머니 몰래 어릴 적 친구를 위해 또 보증을 섰다. 신발 가게를 몇 군데나 크게 하던 소꿉친구였다. 일이 잘 풀리면 다행이지만 잘못되었다. 그는 끝내 부도를 내고 소식도 없이 사라졌다. 나중에 이 사실을 들은 어머니가 수소문해서 신발 가게를 찾아갔다. 가게문은 비참하게 떨어져 나갔고 여기저기 몇 켤레의 신발만이 주인을 기다리고 있었다고 했다. 어머니는 그 자리에 주저앉아 울었단다. 가족들의 얼굴이 스쳐지나가고 그즈음 힘들게 겨우 장만했던 집을 내놓을 생각에 가슴이 미어졌다고 했다. 자식들을 데리고 어디로 가야 한단 말인가.

집을 구하지 못해 애태우는 동안, 아버지의 직장 동료들은 우리 집 형편을 마음 아파했다. 그들의 배려 덕분에 관사로 거처를 옮겼다. 집이 그 안에 살고 있는 사람들의 이야기를 모아 둔 한 권의 책이라면, 우리 가족은 또 한 권의 책을 만드는 글쓰기를 시작한 셈이었다.

아버지는 스스로를 구석자리로 내몰며 생채기를 냈다. 체질적으로 맞지 않던 술을 마시고는 피를 토하는 바람에 새벽에 응급실로 실려 갔고, 울분을 삭이지 못해 방구석에 누워 외출을 하지 않았다. 믿었던 사람으로부터 생긴 속상함이 아버지를 병나게 했으리라. 친구에 대한 원망을 마음 깊은 구석에 쟁여놓으니 심신이 약해질 대로 약해져 한동안 병원 신세를 지고 나왔다.

아버지가 빛바랜 문 앞에서 선뜻 집으로 들어오지 못한 적이 많았던 때문이었을까. 아버지 때문에 가족들이 고생한다고 문고리를 붙잡고 미안해할수록 철문은 무시로 아버지의 울분을 받아들였나 보다. 문은 군데군데 녹이 슬고 주저앉을 것처럼 점차 위태롭게 보였다. 낡을 대로 낡은 문은 바람만 불어도 쩔걱거리며 사위스러운 소리를 냈다. 삭막한 아버지의 흐느낌과 문의 차가운 금속성 소리가 끝없이 이어질 것 같아 내 불안은 커져만 갔다. 내 가슴에도 붉은 녹과 쇳소리가 선명하게 새겨질 것만 같아 두려웠다.

그런데 걱정의 종말이 보였다. 어느 날, 아버지는 파란 페인트를 사가지고 왔다. 칠을 하기 전에 철재 문짝을 뜯어 돌쩌귀를 새로 갈고 녹슨 부분은 사포로 긁어냈다. 그런 다음 페인트에 시너를 적당히 섞어 롤러와 페인트 붓으로 칠했다. 비지땀을 흘리며 문고리와 문설주의 돌쩌귀까지 세심하게 덧칠했다. 문은 가을 하늘의 일부를 옮겨 놓은 듯했다. 아버지가 문을 페인트로 단장한 것은 참으로 다행이었다. 쌀쌀한 바람이 몰아치는 늦가을 들판처럼, 무성한 마른 풀로 버석거렸을 아버지의 가슴에 새롭게 푸른 물이 돌았을 것이다. 생기가 돋아나는가 싶더니, 활기가 넘치는 날도 점차 늘었다. 아버지는 아마도 사람에게서 받은 상심과 삶의 고단함을 페인트칠하면서 부려놓으려 애썼던 것 같다.

사람과 마찬가지로 문도 상처를 방치하면 안 된다. 아버지가 자신의 상처와 아픔을 치유하는데 힘썼듯이 내세울 것 없던 허름한 문도 녹슨 곳을 사포로 정성껏 문질러 매끈하게 만들자, 공간의 소중한 일부로 재탄생했다. 나는 지금껏 살아오면서 이때의 경험을 발맘발맘 따라왔더니, 가끔 생활에 드리워진 어둠이 걷어지고 환한 희망의 등불 하나 소담스럽게 문에 내걸 수 있었다.

그곳에서 오랫동안 살았지만 아버지가 돌아가시면서 비워줘야 했다. 아버지는 공무수행을 떠난 길 위에서 사고로 돌아가셨다. 장례식장 안내판에 쓰인 망자의 이름이 낯설었다. 내 아버지지만, 더는 부를 수 없는, 손을 내밀어도 잡을 수 없는 공허감이 뼛속까지 파고들었다. 영정사진을 쳐다보면 짙은 슬픔의 농도로 무거워진 눈물이 하염없이 쏟아져 내렸다.

아버지가 돌아가시기 하루 전은 내 상견례 날이었다. 양가 부모님들께서 결혼식 날짜를 한 달 뒤로 정했다. 혼인 날짜를 잡자마자 다음 날 운명하실 줄은 꿈에도 몰랐다. 날짜를 한참 뒤로 미루었다면 아버지가 좀 더 오래 생존하셨을지도 모른다는 자책에 시달렸다. 아버지의 부재는 현실이 아니라고 부정할수록 죽음은 더욱 뚜렷해졌다.

발인하는 날, 장례식장 문을 나서서 선산이 있는 고향 마을에 도착했다. 상여꾼들이 상여를 메고 요령잡이가 요령을 흔들어 내는 소리에 맞추어 장지로 향했다. 구슬픈 가락을 따라 베옷 차림의 상주들과 일가친척, 마을 사람들 행렬이 휘청휘청 아버지의 마지막 길을 동행했다. 하관 후 상여꾼들이 무덤에 물이 스며들지 않도록 회다짐할 때에는 상주들의 곡哭소리가 만장처럼 길어졌다. 아버지 떠나시는 길에 내가 더 울어드려야 할 것 같아서 나는 목이 쉴 정도로 통곡했다.

구석기 시대에는 자신과 가족을 지키기 위해 동굴 입구를 무거운 돌로 막아놓았다고 한다. 앙칼진 동물과 비바람으로부터 사람을 수호했던 바위가 이제는 문으로 바뀐 셈이다. 가량없이 날선 세상에서 가족들을 지키려고 했던 아버지는 나에게 문門이었다. 그 시절, 아버지의 등에는 내 친할머니와 고모를 포함한 대식구의 쥐코밥상이 달려 있었다. 책임감이 강해 모진 삶에게 결코 문을 활짝 열어주지 않았고 굴복하지 않았다. 버거운 등짐을 내려놓고 싶은 매 순간마다 식구들을 보며 인생의 아슬아슬한 외줄타기에도 언젠가는 활짝 웃는 날이 오겠지, 꿈꾸었으리라.

대문을 쓰다듬어 본다. 삶이 버거울 때 비바람 막아주고 등을 기댈 수 있었던 문門과의 추억이 있다는 것은 감사한 일이다. 이제 아버지는 내 마음속에 푸른 문으로 각인되어 있다. 내가 그리워하는 마음을 잃지 않는다면 형상은 오롯이 기억될 것이다.

더 이상 문은 녹슬지 않는다.

당신에게 말 걸기

어느새 나도
그때의 아버지만큼 나이를 먹었다.

옛것이라곤 찾아볼 길 없는
성탄제 가까운 도시에는
이제 반가운 그 옛날의 것이 내리는데,

서러운 서른 살 나의 이마에
불현듯 아버지의 서느런 옷자락을 느끼는 것은,

눈 속에 따오신 산수유 붉은 알알이
아직도 내 혈액 속에 녹아 흐르는 까닭일까.

– 김종길, 「성탄제」 중에서

당신은 부모님과의 어떤 추억이 떠오르나요?

지금은, 기원할 시간

한 해의 끝자락과 다가오는 새해의 초입을 알리는 접점에 있다. 달력을 넘기자 1월이 맑은 얼굴로 나를 반긴다. 매년 이맘때가 되어 지나온 궤적을 돌아보면 분분히 떠나가 버린 시간과 만리장천을 건너가 버린 못다 이룬 꿈에 대한 미련과 후회가 교차한다.

신년 목표를 성실하게 세우리라 마음먹고 책상에 앉는다. 그러나 가장 먼저 '해맞이'란 낱말이 달려오면서 내 몸과 마음을 들쑤성거린다. 첫 다짐을 가슴에 간직한 채 살아간다는 것은, 어찌 보면 새해 첫날 해돋이를 바라봤을 때의 마음가짐을 품고 생활하는 것은 아닐는지. 잊고 살다가도 한 번씩 처음 마음먹었던 때를 되새기듯이, 떠오르는 태양을 보고 소망을 빌었던 순간을 떠올리면 다시 마음이 추슬러지고 힘차게 분발하게 된다.

이번에도 새해 아침에 돋을볕을 향해 기원을 하고 오리라, 진즉부터 다짐했었다. 예전에는 해돋이 명소를 찾아 일부러 울산 간절곶, 강릉 정동진, 제주도 성산일출봉 등속을 찾아가기도 했지만, 최근에는 집 가까운 호미곶으로 자주 향한다. 새벽 동이 트면서 빛줄기가 비출 때 제일 먼저 바닷가에 자리를 잡고 경건한 마음으로 해돋이를 기다리는 모습. 상생의 손 위로 물새들이 힘차게 날갯짓하며 비상하는 그 순간, 해오름에 흩뿌려지는 금빛가루를 맞으며 소망을 비는 내 실루엣은 바다와 어우러져 한 폭의 그림이 된다. 상상만으로도 기분이 좋았다.

하지만 코로나19로 인해 호미곶에서의 해맞이 기원은 내년을 기약해야 한다. 올해 새해 소원은 친정어머니처럼 정화수를 떠놓고 빌어야지. 어머니는 매일 아침이면 대접에 정화수를 받아 놓고 두 손 모아 기도한다. 그 모습이 늘 한결같다. 주택에 살 때는 이른 새벽 장독대 위에 물을 놓고 식구들을 위해 기원했다. 지금은 아파트 생활을 하니 싱크대가 장독대 역할을 한다. 그 옛날 우물에서 길어온 물은 정수기물이 대신한다.

내 기억 속의 어머니는 이 일을 잊은 적이 없다. 몸살이 나서 누워 있다가도, 모처럼 여행길에 올랐어도, 생수 한 사발을 떠놓았다.

"엄마, 어쩜 그리 부지런해."

"물 한 그릇 떠놓는 게 뭐가 어렵노!"

어머니는 나에게도 권한다. 내가 보기에 기도할 경건한 장소를 찾아 집을 나서지 않아도 되니 번거롭지 않다. 하지만 어머니의 권유에도 아직까지 비손을 면면하게 실천하지 못하고 있다.

작년 여름, 어머니와 함께 휴가를 보냈다. 어느 바닷가 근처에 하늘을 지붕 삼아 텐트를 쳤다. 그 다음날에도 어김없이 어머니는 코펠 그릇에 물을 떠놓고 여행지에서의 안전을 빌었다.

나는 조그마한 그릇 안을 들여다보았다. 손바닥만한 그곳에 파란 하늘이 들어 있고 흘러가는 구름이 잠시 머물러 있었다. 바람과 새가 드나들기를 되풀이하기도 했다. 내가 무심코 보았던 어머니의 정화수는 생명을 담고 우주를 담고 있었다. 그냥 물이 아니라 어머니의 믿음과 정성이 들어 있었다.

어머니는 소원성취를 빈 물로 쌀을 항상 안친다. 어머니의 마음이 담긴 밥이라 친정에 들렀을 때 가끔 식사를 거르고 싶다가도 억지로 한술 뜬다. 밥 먹는 모습을 지켜보며 어머니가 빙그레 웃으면 역시 먹기를 잘했다는 생각을 한다. 남들과 다를 바 없는 평범한 내 행동 하나에도 어머니가 행복해하고 특별한 의미를 둔다고 생각하면 가슴이 공연히 벅차오를 때가 많다.

어머니의 삶은 항상 식구들 위주다. 어머니의 촉각 더듬이 또한 항상 자식을 향해 열려 있다. 그래서인지 내 몸이 아플 때면 남편보다 엄마가 먼저 떠오른다. 뜨거운 것을 만질 때에도 '엄마' 하고 소리 내는 것을 보면, 분명 그럴 것이다.

세상에서 가장 아름다운 손은 '기도하는 어머니의 손'이다. 당신을 위해 기도하기 전에 자식을 위해 먼저 기도하시고, 당신을 위해 눈물 흘리기 전에 자식을 위해 먼저 눈물 흘리시는 어머니의 손. 나이가 들면서 여성은 어머니를 닮아간다고 한다. 이제부터라도 식구들의 건강과 안녕을 위해 서툴지만 비손을 부단하게 하련다.

신축년 새해를 앞두고 있는 지금은, 기원할 시간이다.

당신에게 말 걸기

『삼국유사』에 연오랑세오녀설화가 나옵니다. 신라의 연오와 세오가 바위를 타고 일본으로 건너가자 해와 달이 빛을 잃었습니다. 그런데 세오의 비단으로 제사를 지내자 빛을 회복하였다는 내용입니다.
포항 동해면 호미로에는 연오랑세오녀 테마공원이 있습니다. 우리나라의 대표적인 일월신화를 바탕으로 '귀비고'를 포함해 다양한 시설을 갖추고 있습니다.
어쩌면 고대 태양신화의 한 원형으로 꼽히는 이야기를 통해 '해맞이'의 발상지는 영일만이 아닐까, 유추해 봅니다. 저만의 명분이 생겼으니 앞으로 해맞이를 하러 연오랑세오녀 테마공원으로 자주 향할 것 같습니다.
당신도 해를 보며 기원한 적이 있으신가요?

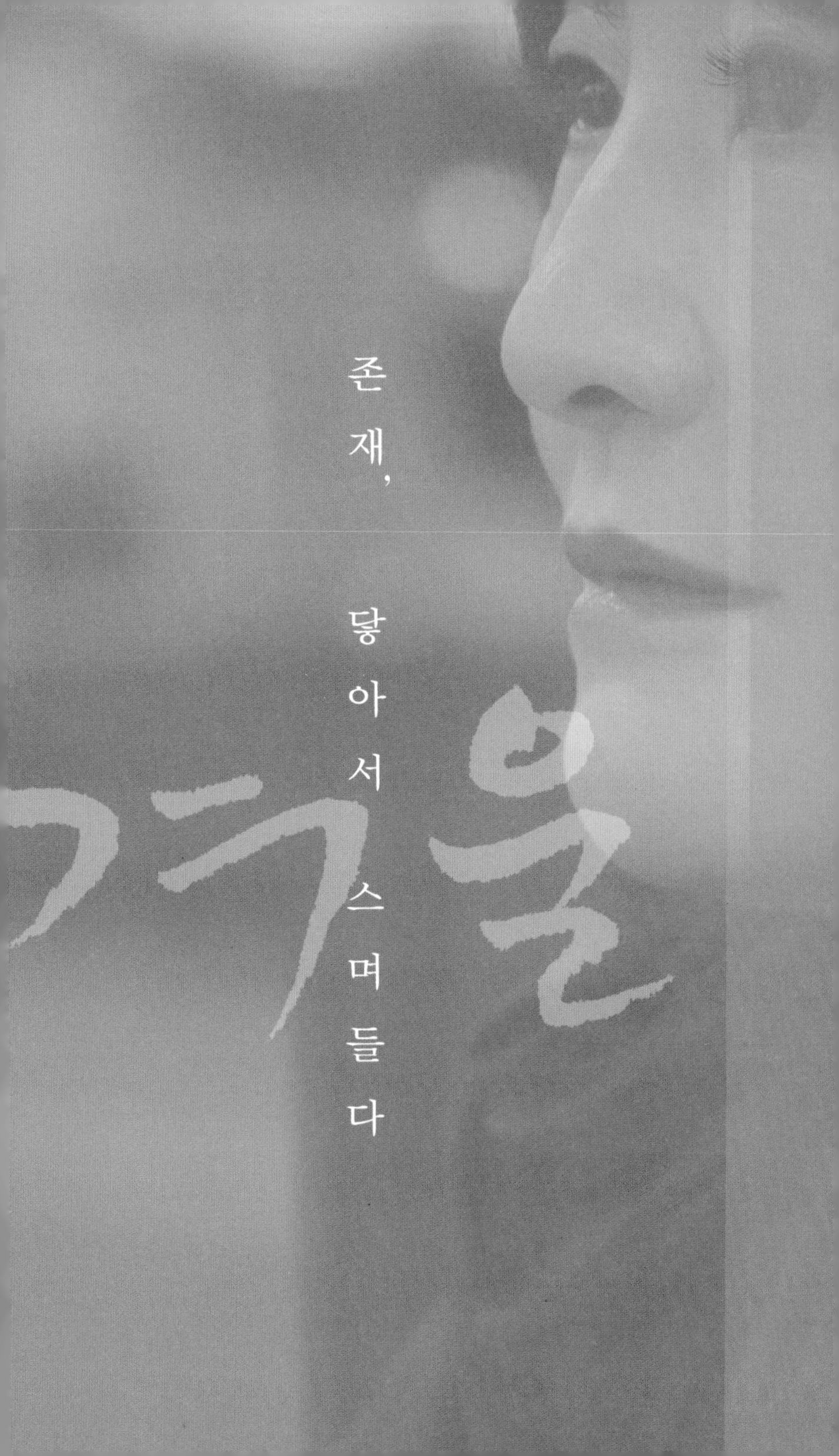
존재,
닮아서 스며들다

지나간 삶은 우산처럼 수선해서 쓸 수 없다

아파트 앞 양지바른 곳에 트럭이 왔다. '우산 수선'이라는 현수막을 붙인 차를 보니 처음에는 뜬금없었다. 입동이 한참 지난 탓에 기온이 제법 쌀쌀했기 때문이다. 며칠 전 비가 내리기는 했다. 그러나 우산을 고쳐 쓰기에 어울리는 시기는 왠지 장마철을 앞둔 시점일 것 같았다.

하지만 나만의 편견이었다. 비는 지금껏 봄 여름 가을 겨울 내렸고, 눈이 올 때도 우산을 쓰는 사람이 있지 않은가. 마침 내게도 우산 살대가 부러지고 손잡이가 끈적거려 사용하지 못하는 것이 있었기에 서둘러 챙겨 들고 나왔다.

노인이 우산을 고치고 있었다. 노인은 손때 묻은 도구들을 바꿔 가며 부러진 살, 휘어진 대, 찢어진 천을 깁고 펴고 이어 놓았다. 정성스레

깁는 모습에 믿음이 갔다. 시간이 걸릴 것 같다며 볼일을 보고 오라는 말에, 구경해도 되느냐고 말하며, 간이의자에 내 엉덩이를 붙이고 앉았다.

"우산 고치는 분을 만나기가 어려워요."

노인은 우산 고치던 손길을 잠시 멈추고 내 얼굴을 쳐다보았다. 요즘은 우산을 고쳐 쓰는 사람보다는 버리는 사람이 더 많은 시대가 아닌가? 처연한 웃음을 지으며 오히려 나에게 반문했다.

"그럼, 어르신은 왜 우산 고치는 일을 하세요?"

내가 어줍지 않은 말투로 묻자,

"나야, 할 줄 아는 재주가 이것밖에 없으니까."

그러고는 다시 일에 집중했다.

내가 맡긴 우산의 차례가 되었다. 나는 노인이 부러진 살대를 교환하고 꼼꼼하게 실로 이어 놓는 모습을 지켜보면서 오랜 세월 한 가지 일에 몰두한 장인의 손길을 느꼈다. 그의 얼굴에는 자신의 일에 대한 자부심이 배여 있는 것 같았다. 우산은 이제 손질이 끝나면 우리 집에 있는 다른 우산들처럼 비 오는 날에 요긴하게 쓰일 것이다.

학창 시절, 교실 입구까지 색 고운 우산을 들고 오는 친구의 엄마를 보면 부러웠다. 우리 엄마는 가게 일로 항상 바쁘셨기에 갑작스럽게 비가 내리면 나는 흠뻑 젖은 채 집에 오기 일쑤였다. 내가 걷고 뛰기를 반복해 집에 오면 엄마는 미안하다며 수건으로 머리칼을 닦아 주셨다.

나는 어렸을 때의 기억 때문에 자식에게는 우산을 꼭 챙겨주고 싶었다. 그런데 중학생인 딸아이는 우산을 잘 챙겨가지 않는다. 내가 등교 전 일기예보를 보고 비가 온다는 소식이 있으면 접는 우산을 책가방에 넣어두지만, 딸아이는 슬그머니 책상 위에 빼놓고 갈 때가 잦다. 감기 걸리면 어떡해? 걱정스런 눈길로 물어보면 괜찮다, 라는 대답만 무심하게 돌아올 뿐이었다.

노인이 우산을 다 고쳤다며 나를 불렀다. 우산의 추억 속에 빠져 있던 나는 기억의 편린들을 바람결 따라 허공으로 날려 보냈다. 우산을 받아 들고는 손잡이를 살펴보고 살대도 잘 고쳐졌는지 접었다 폈다, 반복해 보았다. 손잡이가 끈적임 없이 매끈하고 우산 살대도 마무리가 튼튼하게 되어 있었다. 만족스러워하는 내 얼굴을 보자, 노인의 얼굴에도 흡족한 미소가 떠올랐다.

우산을 집에 들고 와서 다시 한 번 펼쳐 보았다. 그러다가 문득 내 언행과 습관이 잘못되었을 때에도 우산을 고치듯 제때에 수정하고 보완하면 좋겠다는 생각이 들었다. 살아오면서 말과 행동의 실수로 후회하는 일이 많았다. 잘못된 습관은 나 자신이 누구보다 잘 알고 있으면서도 여간해서는 고쳐지지 않는다는 것을 순간순간 체득했다.

지나간 삶은 우산처럼 수선해서 쓸 수 없다. 우산을 더 이상 고쳐 쓸 수 없을 때 새로 장만해서 사용하는 것처럼, 다시 돈을 주고 살 수도 없다. 그러므로 내 마음속을 수시로 점검하고 수선하면 좋을 것 같다. 마음의 무엇이 부서져 있는지, 내 생각의 어디가 고장이 나 있는지, 자주 들여다볼 일이다. 그러면 앞으로 내 생활 속에 폭풍우가 쏟아져 감당하기 힘들거나 마음에 희뿌연 안개비가 내려 울고 싶을 때, 잘 견뎌낼 수 있으리라.

당신에게 말 걸기

저는 비가 내려 우산을 쓰는 날에는 자끄 드미 감독의 영화 「쉘브르의 우산」에 흘러나왔던 OST 「I Will Wait For You」가 생각납니다. 나나 무스쿠리의 목소리는 언제나 저에게 깊은 울림을 선사합니다.
당신은 우산을 쓴 채 무작정 거리를 걸어 본 적이 있나요?

도자기 빚듯 혼신을 다한다면

아사달과 아사녀의 혼이 눈물로 고여 있는 영지影池못이다. 두 영혼이 들려주는 이야기가 바람에 일렁거린다. 그 곁을 천년 세월로 떠도는 솔바람의 숨결을 느끼며 '경주서라벌요'로 발걸음을 옮긴다. 경주시 외동읍 영지로에 위치한 도예촌은 초입부터 청신함이 스며들어 있다.

신라 천년의 정기를 담아 분청사기를 빚고 있는 김두선 선생을 만났다. 분청사기란 손으로 빚은 자기 바탕 위에 백토로 분을 바르고, 그 위에 잿물을 발라 구운 우리 고유의 전통 자기를 말한다. 작업실을 찾았을 때, 선생은 백토 위에 목단을 새기고 있었다. 조각칼로 신중하게 문양을 그려 넣는 장인의 모습에서 깊은 내공이 느껴졌다. 흙이 작품으로 승화하기 위해서는 매순간 도예가의 맑고 투명한 예술혼이 스며들어야 한다. 도자기는 손으로 빚는 것이 아니라 마음으로 빚기 때문이다.

선생이 잠시 쉬어가자며, 찻물을 끓였다. 나는 그 사이 전시실에서 어깨를 겯고 있는 분청사기들을 눈에 담았다. 도자기마다 풍기는 고고한 분위기가 내 감성을 자극했다. 사기장의 얼을 흠씬 머금은 도자기일수록 가슴에 퍼지는 감동의 울림이 깊다. 마음속에 물결치는 감정의 잔물결을 스스로 다독이며 분청 문화와 분청 문병에 젖어 들었다.

그윽한 말차를 마시며 선생의 말씀에 귀를 기울였다. 선생은 히로시마에서 출생했다. 암울했던 일제강점기 때 도예를 생업으로 삼던 부친의 빼어난 솜씨를 눈여겨 본 일본인들이 그를 일본 가마로 데려갔다. 이로 인해 일본에서 태어난 김두선 도예가는 어릴 때부터 부친의 일손을 도우며 도자기에 남다른 애정을 가졌다. 히로시마에 원자폭탄이 떨어진 후, 가족이 한국으로 돌아와서도 작업은 계속 이어졌다.

분청사기는 선생에게 생명이고 삶 자체다. 사토, 백토, 점토, 물토를 구해다가 흙모래와 나뭇잎 고르기를 아기에게 먹이는 멥쌀 일듯이 하고, 한겨울에도 맨발로 흙을 밟아 다졌다. 가마에서 마음에 드는 작품을 수십 번이나 구하지 못해도 흙은 인간을 속이지 않는다는 생각으로 다시 불을 지폈다. 오랜 세월의 인연들이 흙과 물과 불로 만난 가운데 선생의 혼까지 보태져 도자기로 태어날 수 있었던 것은 선생의 인내가 밑바탕으로 자리를 잡았기 때문이다.

선생의 작품에는 깊고 담담한 멋이 있다. 그가 가장 마음에 두는 것은 도자기에 담긴 혼과 이야기다. 도자기에 자신의 혼백이 들어가 있다고 생각되지 않으면 무수히 깨어 버리는 것도 이런 연유에서다. "실패는

스승이다." 라고 말하며, 계속되는 실패 속에서도 흙과 가마를 오고가며 사투를 벌인 후에 얻은 작품들은 독특한 분청의 기예미技藝美를 내재하고 있다. 특유의 집념으로 칠유와 흑유, 백유가 한데 어우러진 음양각으로 그려 상감기법으로 작품을 완성하는데, 한국의 전통적인 문양 외에 십장생과 민화, 사람 사는 풍경과 자연 등속의 소재를 다양하고 독창적으로 구현한다.

어리석은 향기라는 뜻의 우향愚香이 김두선 선생의 호다. 호가 풍기는 느낌 그대로 어리석을 정도로 애오라지 분청사기에 빠져 살았다고 했다. 도자기의 순수한 비색을 위해 편리한 현대식 가마를 마다하고 옛날식 그대로의 가마를 고집한다. 소나무 장작으로 여섯 칸 등요에 불을 지피는 모습은 선조 도예가의 숨결에 불결을 지펴 신라와 고려, 고려와 조선을 이어 오늘날까지 전달하는 고집과 열정이 담겨 있다. 다채로운 분청사기를 빚어내고 세상에 단 하나뿐인 이야기를 새겨 넣는 선생의 작품은 진실을 담은 불의 예술이다.

소신을 가지고 잠연히 외길을 건너는 이의 삶은 가치가 있다. 우향 선생에게는 감히 범접할 수 없는 사명감마저 엿보인다. 자신의 꿈이 무엇인지도 모르고 앞만 보고 달려가는 이들에게 가끔 분청사기를 들여다보라고 권하고 싶다. 조상의 맥을 이어가는 도예가들의 작품을 보면서 외롭지만 강인한 예술혼을 느껴보면 좋으련만. 오랜 세월 동안 민족의 삶과 얼을 담은 작품을 통해, 내면 가득 느낌표를 채웠으면 하는 바람을 가져본다.

제대로 된 작품은 자연이 만든다고 한다. 흙과 물과 불이 조화를 이뤄야 하니, 도공이 만든 것이 아니라 자연이 만든다는 것이다. 여기에 예술인의 혼을 보태본다. 그들의 굳은 신념과 순수한 열정이 보태지지 않으면 후손에게 보여줄 문화재의 명맥이 희미해질 수도 있다.

도예술은 존재의 의미를 찾는 작가의 철학이 반영된다. 선생은 자신의 작품으로 안중근 의사 헌장 도예전을 열었고, 애국선열들의 얼을 기리는 전람회에 기꺼이 도자기를 희사하기도 했다. 우향 선생이 분청사기에 피워 올린 시간을 가늠해 보니, 하나부터 열까지 인고의 흔적이 역력하다. 그런 연유로 완성된 도자기들은 저마다 개별적 색깔과 모양, 아름다움을 띠고 있다. 저마다의 독특한 개성이 어디 분청사기에만 있을 것인가. 우리네 삶도 각자 도자기 빚듯 혼신을 다한다면 아름다운 작품이 될 터이다.

훌륭한 문화재는 만든 사람의 것이 아니라 심미안을 가진 사람의 것이다. 아름다운 것을 살펴보는 안목이 깊고 넓을수록 소중한 문화유산을 지키는 일에 의미를 두지 않을까. 내가 분청사기에 스며든 서라벌의 혼불을 음미하고자 한참을 묵언수행하며 느낌표로 서 있어야 하는 이유다.

당신에게 말 걸기

체코의 국민작가 보후밀 흐라발은 자신이 쓴 책 가운데 『너무 시끄러운 고독』을 가장 사랑한다고 말했습니다. 자신의 삶과 작품 전체를 상징하는 책으로, 자신이 세상에 온 것은 이 책을 쓰기 위해서랍니다.

『너무 시끄러운 고독』에는 35년 동안 책과 폐지를 압축해온 주인공 한탸가 등장합니다. 한탸는 때때로 압축기에 넣어야 될 책들 중에서 몇 권을 구해내 그 속에 담긴 인간의 정신과 문화를 구하려 하지만, 급속한 문명발전으로 인해 책이 하찮게 취급받는 것을 목격하게 됩니다. 무분별한 발전으로 오히려 퇴보하는 사회의 일부분에 대해 이야기하려는 것 같습니다.

보후밀 흐라발은 『너무 시끄러운 고독』을 통해 사회에 허무가 만연해도 우리네 삶은 그 자체의 생명력으로 사람의 마음을 사로잡는 매력적인 것임을 독자에게 일깨워줍니다. 당신에게 삶이란 어떤 의미일까요?

어머니의 사랑, 골무에 수놓다

골무를 들여다본다. 비단에 수놓은 모란과 박쥐, 길상문이 곱디곱다. 자수 골무는 내가 결혼할 때 친정에서 나를 따라온 혼수품이다. 어머니가 직접 색색의 비단 조각을 맞대어 솔기를 촘촘히 감쳐 만들었다. 세월 따라 마모되기는 했지만 한 땀 한 땀 바느질 속에 녹아든 자애의 부피는 줄어들지 않는다. 시집가는 딸에게 당부해 주고 싶은 말과 잘 살라는 격려의 말이 골무 위에 여러 문양으로 응축되어 있다.

친정어머니의 적막한 밤은 침낭에서 바늘을 꺼내 골무를 만드는 일로 시작되었다. 아버지가 월남전에 자원하신 뒤, 홀로 만삭의 몸으로 생계를 유지해야 했던 어머니였다. 매 순간 엄습해 오는 전쟁터에 대한 두려움과 아버지가 무사히 돌아오기를 바라는 마음을 천 자락에 넣고 바느질했다.

어머니가 바느질하는 순간은 마음을 다독이는 시간이었다. 접지를 골무 크기대로 잘라 붙이고 수놓은 원단을 다시 크기대로 잘라, 아래 부분과 곡선 부분에 바이어스 처리를 해서 한쪽 면을 완성했다. 두 개씩 짝지어 고정한 곳에 사뜨기로 예쁘게 장식하거나 얇은 색 헝겊을 두르면서 시름을 덜었다. 바느질하는데 온 신경을 모으는 동안, 머릿속을 부유하며 떠돌던 걱정이 잠시나마 잊혔으리라. 삭이지 못한 아픔과 버리지 못하는 실낱같은 희망을 교직交織으로 박음질하면서 또 다른 인생의 꿈을 계획했는지도 모른다.

걱정 없는 삶이 어디 있으랴. 그렇다면 위로받을 수 있는 자신만의 치유 방법이 있다는 것은 삶을 지탱하는 지혜가 아닌가. 어머니 또한 마음속에 포말처럼 이는 검푸른 회한을 천 조각에 올올이 드리우고, 자신의 찢어진 상처 조각까지 보태어 촘촘히 기워 보듬었다.

반달처럼 생긴 골무를 만드는 일은 많은 시간과 정성이 필요했다. 어머니의 기원이 담긴 골무가 반짇고리 가득 차고 넘쳤을 즈음, 아버지가 무사히 귀국했다. 그후로도 어머니의 골무 만들기는 계속 이어졌다. 밤이면 습관처럼 천 귀퉁이를 잡아당기며 수놓았던 일상이 쉽게 멈추지 않았던 탓이었다.

정체되지 않는 시간의 곡선을 따라 수많은 밤이 지나갔다. 어느덧 나도 예전의 어머니 나이가 되었다. 결혼해서 가정을 이루고 보니 아내와 엄마라는 사람은 늘 걱정을 머리에 이고 사는 존재라는 것을 깨달았다. 지금껏 크고 작은 걱정거리가 끊어지지 않는다. 밖에서 수시로 찾아드는 고민도 있지만, 내 안에서 저절로 자라나는 고민에 마음을 날카롭게 베일 때도 많다. 이런저런 고민이 해결되면 앞으로 내 삶에 걱정이라는 단어가 흔적조차 남지 않고 사라지는 줄 알았다.

그러나 어림도 없었다. 한순간 일상의 소소한 행복에 겨워 기뻐하고 있으면 걱정이 슬그머니 고개를 내밀었다. 정신을 바짝 차리지 않으면 내 머릿속을 지배하고는 무기력하게 만들기 일쑤였다. 사람과의 관계에서도 맥없이 널브러질 때가 많았다. 믿었던 이에게 상처받았던 일은 인생의 허허로움과 배신감에 젖어들게 만들었다. 세상이라는 바다는 걱정의 그늘에서 벗어나면 또 다른 근심이 달려들었다. 파도에 등을 떠밀리듯 떠내려가면서 군데군데 긁혀서 생긴 생채기가 아물기도 전에 또 다른 곳을 베이기 일쑤였다.

어느 날, 손을 내밀어도 잡아 주지 않는 희망 때문에 밤잠을 설칠 때였다. 잠자리에 누워 있다가 도저히 잠이 올 것 같지 않아 이불을 개키고 일어났다. 그때 어머니의 골무가 생각났다. 골무에는 다양한 무늬가 있었다. 어머니는 민화나 베갯잇처럼 자식의 성공과 건강을 바라는 문양을 정성껏 수놓았다. 그렇게 수 세기 동안 가정의 안녕을 기원하는 전통이 할머니를 거쳐 어머니에게 면면히 이어져 내려왔다.

달밤에 자투리 천을 부여잡고 고요히 바느질하는 어머니의 모습이 뚜렷하게 떠올랐다. 악기를 연주하듯 리드미컬하게 천을 이어가던 어머니의 손길 위에서 골무가 완성되던 것을 나는 지금도 잊지 못한다. 장롱문을 열고 반짇고리를 꺼내 들고는 바늘귀에 실을 꿰었다. 솔기 터진 것처럼 찢어진 일상을 곧추세우기 위해 자투리 천을 찾아 바느질했다.

근심의 경계가 희미해져 갔다. 자잘한 생각이 끼어들 틈바구니가 없었기에 점점 마음이 편안했다. 홈질하고 공그르기를 하다 보니, 헝클어졌던 생각이 정리되었다. 어찌 보면 내 앞에 놓인 걱정의 시작은 아집과 욕심 때문인 것 같았다.

걱정을 내려놓자고 다짐했다. 반세기를 살아온 내게 앞으로 살아갈 시간은 짧을 수도 있지 않은가. 절망하고 주저앉고 싶을 때가 많은 인생이지만, 모나면 모난 대로 해지면 해진 대로 바느질해서 잇다 보면 나름대로 의미 있는 인생 조각보 하나쯤은 만들어지지 않을까. 이왕이면 걱정하는 순간에 어머니처럼 가족의 건강과 안녕을 기원하리라.

낡고 해져도 골무에 수놓아진 어머니의 말은 퇴색하지 않을 것이다. 쇠약하신 노모의 내리사랑 또한 세월의 더께가 제아무리 두터워도 사라지지 않으리라.

당신에게 말 걸기

이어령의 『우리 문화 박물지』에는 우리 조상들이 남겨 놓은 63가지 생활용품이 글과 사진으로 담겨 있습니다. 작가는 특유의 글솜씨로 물건들의 실용성과 아름다움을 뛰어넘어 상징과 은유로 펼쳐 보입니다.
아리스토텔레스는 "예술은 사물에 내재한 형상을 표현하는 것이다."라고 말했습니다.
저는 『우리 문화 박물지』를 읽으면서, 아리스토텔레스가 말했던 예술에 부합하는 책이 아닐까 생각했습니다.
사연이 깊은 물건 하나쯤, 당신은 간직하고 계신가요?

지 란 지 교 를 꿈 꾸 며

고등학교에 진학하면서 편지를 자주 썼다. 우리 집이 멀리 이사했던 탓에 초등학교 6학년 때부터 늘 함께했던 친구들과 헤어졌기 때문이다. 아는 사람이라고는 찾아볼 수 없는 낯선 환경에 적응하려니 낯가림이 심했던 나로서는 섬에 고립된 것처럼 막막했다.

휴대폰이 없던 시절이었다. 집 전화가 소통의 매개체였지만, 밤 9시까지 야간 학습을 하고 난 뒤에 통화를 한다는 것은 불가능했다. 대부분의 아버지들이 퇴근하셨던 저녁 6시를 지나 남의 집에 전화를 건다는 것은 예의범절에 어긋난다고 부모님들에게 가르침을 받던 때였다. 소소한 일상을 편지지에 옮겨 쓰고 나면 내 마음에 만족감이 꽃물 스며들 듯 번졌다. 그때 내게 정신적으로 버팀목이 되어준 것은 편지였다.

편지에는 습관처럼 우정에 관한 글귀를 적어 보냈다. 그중에서 가장 많이 인용했던 것이 유안진의 「지란지교를 꿈꾸며」였다. 참된 우정에 대한 개인의 소망을 진솔하게 나열했는데, 나와 친구들도 그러자고, 무수히 새끼손가락을 걸며 약속했다. 향기로운 지초와 난초의 사귐처럼 맑고 깨끗하고, 변치 않는 우정을 꿈꿨다.

그 덕분이었을까? 간절히 원하면 이루어진다더니 단짝 넷 중 한 명의 친구와 마주보며 살고 있다. 결혼으로 고향을 떠나 타지방에 정착했는데, 친구 또한 같은 이유로 지금은 같은 아파트에 살고 있다. 40년 넘게 이어지는 인연이 필연처럼 감사하다.

작가의 작품에 드러나는 소망을 나는 적잖이 경험하고 있다. 아, 얼마나 행복한 일인가! 친구는 내가 아무 때나 찾아가 커피 한 잔을 달라고 해도 귀찮아하지 않는다. 끼니를 거르고 찾아가도 싫어하지 않고 집밥을 차려주며 내가 먹는 모습을 지켜봐 준다.

나는 취미가 많지 않은 사람이다. 아날로그 유형이라 휴대폰이나 컴퓨터를 다루는 것이 능숙하지 않고, 음치라 노래를 못하고 몸치라 댄스를 못해, 문화센터에서 배울 생각은 아예 엄두를 못 낸다. 운동 신경이 둔해 시작하고 싶은 운동 또한 마뜩찮다.

재주 없는 나에게도 관심이 가는 것이 하나 있다. 수필 쓰기다. 내 친구는 내가 사유의 문장이나 감동적인 문장, 창의적으로 돋보이는 글을 쓰지 않더라도 타박하지 않는다. 내가 선택한 글쓰기를 후회하거나 포기하지 않도록 응원한다. 잘하지 못해도 잠연히 자신의 길을 걷다 보면, 훗날 예술적 성과가 나타날 수 있다는 것을 살아온 경험으로 터득했으리라.

우정이라 하면 사람들은 관포지교를 말한다. 그러나 나는 친구를 괴롭히고 싶지 않듯이 나 또한 끝없는 인내로 베풀기만 할 재간이 없다. 나는 도 닦으며 살기를 바라지 않고, 내 친구도 성현 같아지기를 바라진 않는다.

책에서 작가는 성현처럼 생활하고 싶지 않다고 밝혔다. 나 또한 감정을 표현하는 부분에서는 무조건 인내해야 한다, 라고 말하고 싶지 않다. 우리 사이에 더욱 신뢰가 쌓이기 위해서는, 내 안의 감성을 친구에게 보여주는 것이 오히려 바람직하다고 생각한다.

사람이 자기 아내나 남편, 제 형제나 제 자식하고만 사랑을 나눈다면 어찌 행복해질 수 있으랴. 서로 돕는 진실한 친구가 필요하다.

나는 내 친구가 나 외에 다른 사람들을 사랑한다고 질투하지 않겠다. 친구가 좋아하는 보랏빛 수국 속에서, 따뜻한 허브차 속에서, 나를 가끔 떠올려 준다면 기쁘겠다.

나는 우리가 수의를 입게 되는 날까지 건강했으면 하는 바람이다. 눈빛이 흐려지고 기운이 쇠약해져도, 서로를 알아보지 못하는 일은 더더욱 없기를 기도한다. 남편이나 자식보다 더 오랫동안 나를 지켜본 내 친구를 알아보지 못한다면, 그녀 또한 나를 알아보지 못한다면, 얼마나 가슴 무너지는 일인가. 이것만 약속된다면 나는 세월 가는 것에 결코 초조하지 않는 삶을 살 것이다.

세월이 흘러 묻힌 자리에 지란芝蘭이 돋아 피어, 맑고 높은 향기로 다시 만났으면.

나와 친구도 꼭 그랬으면, 참 좋겠다.

당신에게 말 걸기

온 마음을 기울여 내 이야기를 진심으로 경청해 주는 사람이 있다는 것만으로도, 이 세상을 살아가는 데에 큰 힘이 될 거예요. 내 목소리를 듣고 지금 심경이 어떤지 알아맞히는 친구를 '지음 知音'이라고 하죠.
당신의 목소리에 응답해 따뜻한 손을 내밀어 잡아줄 수 있는 사람을 떠올려 보세요.

태고의 공원을 만났다

포항에 있는 다섯 군데의 국가지질공원을 둘러보기 위해 아침 일찍 길을 나섰다. 먼저, 천연기념물 모감주나무 군락지가 있는 동해면 발산리를 찾았다. 사람들은 예전부터 모감주나무 열매를 알알이 꿰어 염주로 만들었다고 한다. 나무 앞에서 기도했던 수많은 이의 절실한 말이 열매 속에 응집되어 있다가 염주가 되는 것이리라.

대동배 해변을 따라 걸었다. 땅과 바다의 경계선 중간에 바다 계단이 거대하게 존재했다. 해안가에서 육지 쪽을 바라보면 바다와 육지를 연결하는 계단 모양의 해안 단구段丘를 명확히 관찰할 수 있었다. 나는 주변을 살피면서 바다 계단을 수호하는 독수리 바위와 악어 바위를 찾았다. 예전부터 우리나라 궁궐과 사찰에는 돌계단을 수호하는 사자, 해태,

해치가 있었다. 그들처럼 바다 계단을 독수리와 악어가 지키는 것 같아 정겨웠다.

구룡소九龍沼에 도착했다. 이곳은 고려 충렬왕 때부터 열 마리의 용 가운데 아홉 마리의 용이 승천했다는 전설이 있다. 용이 살았던 연못은 여러 곳에 남아 있는데, 오늘날에는 해안형 돌개구멍이라고 부른다. 해안형 돌개구멍은 파도를 따라 자갈이 움직이면서 집괴암을 깎아 만든 접시 모양의 구조이며, 이곳에 바닷물이 채워지면서 연못처럼 보인다는 것이다.

구룡소 9개의 굴 중에는 5리가량의 깊은 굴이 있다. 파도가 칠 때 굴 입구로 흰 거품과 물이 쏟아져 나오는데 마치 용이 입에서 연기를 뿜어내는 듯해 신령스럽다고 한다. 그 기운 탓에 마을사람들은 여기에서 기우제나 풍어제, 출어제를 지내는 것이리라. 파도에 의해 육지가 깎여 평평하게 만들어진 파식대지와 타포니 옆에, 누군가가 만들어 놓은 작은 돌탑이 드문드문 보였다. 설령 너울에 휩쓸려간다고 해도 절박한 염원의 편린들은 바다를 떠돌면서 영속성을 유지할 것 같았기에 나도 한켠에 돌을 포개어 탑을 쌓아보았다.

바다에서의 오전 일정을 마치고, 내연산 12폭포에 도착했다. 약 14킬로미터에 이르는 계곡을 따라 다양한 형태를 가진 폭포가 발달한 곳으로, 하나의 계곡에 이처럼 여러 개의 폭포가 발달하는 경우는 드물다고 한다. 무풍, 관음, 연산폭포는 기암절벽이 병풍처럼 둘러선 곳에 웅장하게 발달하고 있으며, 겸재 정선이 그린 「내연삼용추도內延三龍湫圖」의 배경이 되었다.

정선은 내연산 계곡의 세 군데 폭포를 그렸다. 맨 위에 연산폭포, 가운데가 관음폭포, 가장 아래는 잠룡폭포다. 선열대 아래 깊은 계곡에 잠겨 있어서 잠룡이다. 공자는 잠룡의 의미를 "용의 덕성을 지녔어도 숨어 있는 자, 세상을 등지고 은둔하여 살아도 마음에 언짢음이 없으며, 옳음을 인정받지 못해도 억울해하지 않고 자신의 의지가 확고하게 흔들리지 아니하는 자"라고 했다.

언제부터인가 우리 사회는 경쟁에서 이겨야만 안심이 되는 곳으로 변했다. 경쟁에서 뒤처지는 사람은 세상을 떠도는 약한 바람에도 자존감이 뿌리째 흔들려 휘청대기 일쑤다. 자기 스스로를 격려하는 이가 많아진다면 얼마나 좋을까. 나부터 잠룡 같은 사람이 되기를 바라며 연일읍 달전리 주상절리로 향했다.

주상절리에 도착하니, 척추를 우뚝 세운 채 산허리에서 중심을 잡고 있는 육각형 기둥이 보였다. 우직한 골격 안에는 포항의 오랜 내력이 담겨 있으리라. 주상절리는 단면의 형태가 육각형인 기둥 모양의 절리를 말하는데, 화산암 지역에서 많이 볼 수 있다. 현무암질의 용암이 흘러내리는 과정에서 주변에 물이 있어 빠르게 냉각될 때 부피가 감소해 쪼개진 지질구조라고 한다.

주상절리의 미학은 삶의 여유를 갖게 한다는 것이다. 눈앞에 보이는 풍광을 마음속에 옮겨 놓고 걷다 보면 누구나 위대한 대자연의 형상 앞에서 겸허해질 수밖에 없을 것 같다. 나 또한 일상에서 가졌던 날선 방어 기제들이 한결 누그러지고 편안해졌다.

마지막 행선지는 두호동 화석 산지였다. 환호공원 해안도로 옆의 이암

사면에 분포되어 있는 화석 종류에는 메타세쿼이아 잎, 소라, 게, 고래 등속이다. 이곳의 화석은 한반도와 붙어 있던 일본이 떨어져 나가면서 동해가 형성되었을 때 만들어졌다. 땅이 벌어진 틈을 따라 주변에 있던 퇴적물들이 여기에 살고 있던 생물들을 빠르게 덮으면서 화석이 되었다고 한다.

화석을 바라본다는 것은 과거를 등에 업고 현재를 인식한다는 것임에랴. 생물학적인 시선에서 벗어나 내 기억의 퇴적층에는 어떤 흔적들이 쌓여 있는지, 자분자분 회상해 보았다. 바쁘게 흘러가는 시간의 눈금 속에서, 소중하게 추억해야 하는 것들이 나도 모르게 잊히고 파묻힌 적은 없는지 살펴보았다.

요즘은 시작과 끝의 경계를 마음에 담고 싶으면 국가지질공원 중 한 군데를 찾아간다. 땅과 바다, 산과 마을을 가르는 경계선 위에서 지층을 들여다보면 지구의 원형적 단면을 엿보는 듯해 설렜다. 박물관에서 만나는 자연사自然史도 깊은 울림을 주지만, 태고의 신비가 곰비임비 쌓여 있고, 오래된 전설과 설화가 고스란히 살아 있는 국가지질공원을 나만의 보폭으로 걷는 것은 더 큰 감동으로 다가왔다.

나는 오늘 태고의 공원을 만났다.

당신에게 말 걸기

헤밍웨이는 직접 체험한 것을 토대로 창작해야 한다는 철학을 가지고 있었습니다. 「노인과 바다」도 헤밍웨이가 쿠바 아바나에 머무를 때 바다에서 청새치 낚시를 하며 구상했다고 합니다.

이렇듯 경험은 개인사에 머무르지 않고, 예술의 자양분이 되어 문학사에 큰 발자취를 남기기도 합니다.

당신의 경험 중 예술로 형상화하고 싶은 것이 있나요?

진작 구두를 사드렸다면

친정어머니는 수술받았던 무릎이 시큰거린다고 하셨다. 병원에 함께 다녀올 요량으로 신발장에서 어머니의 운동화를 꺼냈다. 편하다는 이유로 몇 년째 한 켤레의 신발을 신다 보니 군데군데 실밥이 터지고 뒤축이 닳아 테석테석했다. 어머니의 고단한 삶이 신발에 스며든 것 같아 마음이 먹먹했다.

수술 전, 어머니의 무릎 통증은 오래 지속되었다. 약을 먹어도 임시방편일 뿐이었다. 길을 가다 보면 몇 발자국을 못 가서 절뚝일 때도 있었고, 겨우 발걸음을 옮기는가 싶으면 이내 주저앉았다. 가까운 곳에 볼일을 보러 가는 데에도 남들보다 시간이 두 배로 걸렸다. 앉을 데가 있으면 무조건 쉬어야 했고, 마땅한 데가 없으면 자리를 만들어서라도 쉬어야만 걸을 수 있었다.

늘 푸른 물이 돌 것 같던 어머니의 육신이 쇠약해져 갔다. 내 어머니만큼은 세월이 비켜가기를 빌었는데, 자연의 섭리는 누구도 거스를 수 없음이 눈물겨웠다. 보다 못해 수술을 권했지만 한사코 망설였다. 나는 자식의 입장을 먼저 걱정하는 어머니의 속내를 읽을 수 있었다. 더는 수술을 늦추기가 어렵다는 진단을 받았기에 어머니에게 퇴행성관절염 말기라는 설명을 하며 날짜를 잡았다. 다행히 수술이 잘 되었다.

어머니가 병실에 있는 동안, 나는 구두를 사러 갔다. 전부터 어머니에게 구두를 사드리려고 했는데, 내 살아가는 형편을 핑계로 계속 미루었다. 구두를 고르는데, 어머니에게 묵혔던 구두에 대한 빚이 한 순간 빗장뼈를 세워 고개를 내밀었다.

초등학교 1학년 때, 우리 집 앞에는 개울이 있었다. 나는 동네 친구들과 자주 빨래 놀이를 했다. 그날도 세숫대야에 비누와 신발 몇 개를 챙겨 나갔다. 신발로 물을 퍼내어 대야를 가득 채우고 나서 개울에 떠내려 보냈다. 그러고는 잽싸게 뛰어가 신발 건져내기를 몇 번이나 반복했다.

한참을 뛰어다니다 보면 지쳤다. 헐떡이는 숨을 고를 겸 물가에 자리를 잡고 앉아서 신발에 비누칠을 했다. 이왕 빨 것을 찌든 때가 있는 빨랫감이나 걸레를 들고 갔더라면 칭찬 꽤나 들었을 것이다. 그런데 신발에 어머니의 구두가 섞여 있었다. 가난했던 아버지가 내 입학식 때 신고 가라고 큰맘 먹고 어머니께 사다 준 신발이었다. 그 뒤로 어머니가 구색을 맞춰야 하는 자리에만 신고 나갔던 하나뿐인 구두였다.

나는 잠시 뒤에 알았다. 구두는 물에 빨면 안 되고, 불 옆에 두면 안

된다는 것을. 말린다고 연탄보일러 주위에 젖은 운동화와 함께 구두를 세워 두었더니 일그러지고 눌어붙어 영영 신지 못하게 되었다. 정작 어머니는 야단치지 않았다. 어머니는 항상 자식 걱정이 먼저인 분이었다. 구두를 태웠을 때도 마찬가지였다. 내가 혼날까 봐 불안해한다는 사실에 더 신경을 쓰셨다. 나는 오히려 그게 더 미안했다. 그리고 언젠가는 어머니에게 구두를 사다 드려야지, 스스로에게 다짐했다.

구두를 장만해 병실에서 꺼내 들고, 얼른 건강을 회복해 꽃구경 가자고 말씀드렸다. 자식이 마련한 선물을 귀하게 여겨 어머니는 구두를 들여다보며 흐뭇해하셨다. 나는 그런 어머니를 보며 새삼 코끝이 찡했다. 그러나 어머니는 새 구두를 신지 않았다. 무릎이 성하지 않으니 아무래도 새것보다는 예전 것이 편하다며, 당분간 오래된 운동화를 계속 신어야겠다고 말씀하셨다.

어머니가 건강하실 때 진작 구두를 사다 드렸다면 좋았을 것을, 후회가 밀려들었다.

"엄마, 미안해."

내 후회의 탄식이 길게 여음을 남겼다. 나는 예전에 어머니의 구두를 연탄불 옆에 두었다가 눌어붙게 했던 날의 용서를 다시금 구했다. 어머니는 이제껏 마음에 두고 있었느냐며, 본인은 벌써 잊었다고 하셨다.

늙으신 어머니는 자식의 마음을 먼저 헤아리셨다. 세월이 흘러도 덜어지지 않는 자식에 대한 사랑은, 나에게 주어진 시간의 결이 소실점으로 향한다고 해도 끝없는 그리움으로 내 가슴속에 은은하게 남아 있을 것이다.

오늘도 노모의 사랑이 짙어지는 오후였다.

당신에게 말 걸기

신발, 하면 떠오르는 시가 있습니다. 박목월의 「가정家庭」입니다. 가장의 고달픔과 가족에 대한 애정과 책임감이 드러나는 작품입니다.

지상에는
아홉 켤레의 신발
아니 현관에는 아니 들깐에는
아니 어느 시인의 가정에는
알전등이 켜질 무렵을
문수文數가 다른 아홉 켤레의 신발을

아버지가 왔다
아니 십구 문 반의 신발이 왔다
아니 지상에는
아버지라는 어설픈 것이
존재한다
미소하는
내 얼굴을 보아라

당신의 머릿속에 떠오르는 신발에 대한 단상은?

그 많던 콩 주머니는 어디로 갔을까

양말을 꺼내 신으려니 구멍이 나 있었다. 아끼던 양말인데 엄지발가락이 얼굴을 쏙 내밀었다. 부끄럽기보다는 재미가 있어서 발가락을 꼼지락거렸다. 실과 바늘을 찾았지만 구멍이 커서 꿰매 신기는 어려울 것 같았다.

버리기가 아까워 오자미라고 부르는, 콩 주머니를 만들기로 했다. 구멍이 난 곳을 촘촘하게 박음질한 뒤에 콩을 넣었다. 그러고는 바늘땀의 크기가 고르게 되도록 정성을 들여 양말목을 기웠다. 예전에 할머니가 그랬던 것처럼….

내가 어렸을 때에는 장난감을 사는 친구들이 드물었다. 소꿉놀이나 술래잡기, 비석치기나 무궁화 꽃이 피었습니다 등속을 하거나, 손톱에 봉숭아 꽃물을 들이기도 하고, 종이에 인형 그림을 그린 뒤 가위로 오려 옷을 갈아입히는 놀이를 주로 했다. 집에서 자투리천이나 해지고 떨어진 옷감으로 놀잇감을 만드는 경우도 종종 있었다.

나의 할머니는 가끔 구멍이 난 양말을 박음질해, 그 속에 솜을 넣고 인형을 만들어 주셨다. 신기한 듯 쳐다보고 있는 나에게 인형을 움직이며, "옛날 호랑이 담배 피던 시절에…."로 시작하는 옛이야기를 들려주셨다. 할머니의 손놀림에 따라 그럴싸하게 움직이는 인형을 보면 이야기가 더욱 실감 났다. 나는 할머니의 손 인형극을 잠들기 전에 주로 들었는데, 대부분 이야기를 듣다가 까무룩 잠이 들 때가 많았다.

할머니는 콩 주머니도 만들어 주셨다. 콩 주머니를 만드는 할머니의 모습은 여유로웠다. 춘향가의 한 대목을 나지막이 흥얼거리기도 하고, 가끔 꽃이 핀 마당을 내다보기도 하셨다. 고개를 들지 않고 바느질에 집중하면서도 꽃밭에 나비가 찾아오는지 벌이 날아드는지, 알아맞히는 모습이 어린 내 눈에는 멋있어 보였다.

나는 친구들이랑 공터에서 콩 주머니를 자주 가지고 놀았다. 콩 주머니 놀이는 먼저 가위바위보를 해서 편을 가르고 땅에 선을 그어 영역을 나누었다. 그런 다음, 콩 주머니를 힘껏 던져 상대편을 더 많이 맞혀야 이길 수 있는 놀이였다. 이리저리 뛰다 보면 이내 땀범벅이 되고, 손으로 땀을 훔치면 얼굴까지 시꺼메졌다. 꾀죄죄하고 지저분한 얼굴이어도 창피한 줄 몰랐다. 서로 마주보며 키득거렸다.

할머니는 우리가 노는 것을 간간이 구경하셨다. 상대편 아이가 던진 걸 손녀가 잘 받아 내면 손뼉을 치며 주름살이 펴질 듯 환하게 웃으셨다. 내가 콩 주머니를 받지 못하고 몸 어딘가에 맞으면 무릎을 치며 안타까워하셨다.

콩 주머니를 바구니에 던져 넣는 놀이도 했다. 이번에도 편 가르기를 해서 누구 편이 더 많이 넣는지 내기를 했다. 그 놀이는 콩 주머니가 수십 개 필요했다. 많으면 많을수록 좋았다. 아이들은 각자 집에서 저마다 콩 주머니를 가져와야만 했다. 나는 다른 아이들보다 욕심을 부려 잔뜩 가져가고 싶었다. 구멍 난 양말이 없을 때에는 멀쩡한 양말을 들고 가서 어머니에게 만들어 달라고 떼를 쓸 때도 있었다. 그러다가 어머니에게 꿀밤을 맞고 울음을 터트리기도 했다.

그러면 할머니는 손녀에게 콩 주머니를 한아름 안겨 주셨다. 경로당에 나가 자투리천이나 해진 양말을 할머니들에게 부탁해 얻은 것으로 미리 콩 주머니를 만들어 두었던 것이다. 보물이 따로 없었다. 나는 보물 상자라도 안은 듯 친구들이 기다리는 골목길을 향해 의기양양 달려 나갔다.

콩 주머니만 있으면 혼자서도 잘 놀았다. 비가 오거나 홀로 집을 봐야 할 때 갖고 놀기 좋았다. 빈 요구르트병을 세워 놓고 콩 주머니를 던져 쓰러뜨리기도 하고, 공기놀이 하듯 손등에 받았다가 다시 움켜잡기를 되풀이했다. 천장까지 높이 던졌다가 받는 놀이를 할 때에는 간혹 잘못 받아 얼굴에 떨어지기도 했지만 그것마저도 재미있었다.

그러다 싫증나면 내가 직접 만들어 보기도 했다. 천 조각을 부여잡고 씨름한 끝에 겨우 하나 만들어 놓고 야호 소리를 질렀다. 그만큼 뿌듯했다. 하지만 바늘땀이 엉성한 그것이 튼튼할 리 없었다. 한두 번만 던져도 툭 터져 버렸다.

오랜만에 바느질을 했더니 가슴 가득 설렜다. 콩 주머니를 만드는 일도 소소한 행복을 주었지만, 할머니와의 추억 조각들을 떠올리는 것도 감회가 새로웠다. 어린이들의 장난감이 다양한 재질과 성능으로 넘쳐나는 요즘이다. 하지만 사랑스러운 내 아이를 위해 정성껏 한 땀 한 땀 바느질을 이용한 인형이나 소품을 만들어 선물하는 것은 어떨는지.

오늘따라 할머니가 그립다. 손녀에 대한 사랑과 따뜻한 손길이 담겼던 그 많던 콩 주머니는 어디로 갔을까?

당신에게 말 걸기

프랑스 편집자이자 작가인 베로니크 드 뷔르의 소설 『체리토마토파이』는 혼자 사는 90세 프랑스 할머니 잔이 주인공입니다. 잔은 1년 동안의 소소한 일상을 일기로 적었습니다.
문득 저의 할머니가 일기를 쓰셨다면 어떤 글감으로 일기장을 채웠을까, 궁금했습니다.
물론 한국 할머니와 프랑스 할머니의 일상은 달랐을 거예요.
당신이 일기를 쓴다면 어떤 낱말이나 문장이 자주 등장할까요?

먼 것 같지만 언젠가는 닿을 곳

날선 비바람이 들이친다. 창밖을 내다보니 '국화원'이 소슬히 떨고 있다. 오늘 떠나는 망자의 삶에 비바람이 많았는지, 국화원이 슬픔을 응축한 채 웅크리고 있다.

얼마 전, 신축 아파트 담장 너머 2층 건물이 들어섰다. 세련된 외벽에 국화꽃 한 송이와 국화원이라는 글자만 간판으로 걸려 있어 몇몇 사람들은 미술관인줄 착각하지만, 이곳은 삶과 죽음이 공존하는 장례식장이다. 아파트로 둘러싸인 도심 한가운데에 존재와 부재의 형체가 장례를 치르는 동안 서로 껴안고 이별하는 공간이다.

나는 조문객의 움직임을 가만히 응시한다. 가까운 이와의 별리가 주는 슬픔의 깊이를 가늠해 본다. 가슴을 쥐어뜯으며 흐느끼는 사람, 땅을 치며 통곡하는 사람, 울음을 삼킨 채 눈물을 훔치는 사람 등속 죽음 앞에서는 같은 상실의 무게를 지닌 것 같아도, 톺아보면 모두가 제각각의 농도로 슬픔을 표현하고 있다.

지난 주말, 지인의 장례식장에 다녀왔다. 죽음을 대하는 장례식장의 분위기가 무겁고 엄숙하지만은 않았다. 고인은 삼 년 동안 요양병원에서 생활했다. 죽음의 유예 기간 아흔여섯 살의 고인과 가족들은 많은 이야기를 했고, 서로 따뜻하게 감싸 안는 시간이 많았단다. 그런 연유로 현실을 받아들인다고 지인은 평온하게 전했다. 이미 마음속으로 이별을 준비하고 있었기에, 죽음은 두려워할 대상이 아니라 자연스러운 삶의 완성으로 받아들이는 것이리라.

서아프리카 가나에서는 댄싱 장례식이 유행이라고 한다. 상여꾼들이 관을 어깨에 짊어지고 박자에 맞춰 신나게 춤을 춘다. 바닥에 앉거나 드러눕는 등속의 다양한 퍼포먼스로 장례식장을 흥겹게 축제 분위기로 이끈다. 망자를 절차에 따라 추모하는 엄숙하고 차분한 진행이 아니라 템포 빠른 음악과 경쾌한 춤을 통해 고인과 작별하고 유가족과 조문객을 위로한다고 한다. 나에게는 아직 받아들이기 어려운 풍경이지만, 고인의 생전 삶을 따뜻한 마음으로 돌이켜보는 것은 좋은 의미인 것 같다.

생명 있는 모든 것들은 언젠가 죽음을 맞이한다. 어쩌면 우리네 인생에서 가장 준비가 필요한 일은 각자의 죽음을 잘 대비하는 일임에랴. 이 세상을 떠나는 사람에게도, 현재에 남겨진 사람에게도, 서로가 후회와 미련이 남지 않도록 이별 연습을 미리 해보면 좋을 성싶다.

웰다잉Well-Dying. 가족들이 덕담을 주고받으며 서로 상처를 치유하고 보듬는, 훈훈한 내 장례식 풍경을 만들려면 평소에 자주 떠올려야 될 단어다. 죽음을 기억하고 살아간다는 것은 금기禁忌를 상기想起시키는 것이 아니다. 오히려 자아 성찰을 통해 삶을 가치 있게 만드는 일이다. 뚜렷하게 돋을새김으로 각인된 의미 있는 장례에 대한 나만의 인식을 바람결에 날려 보내고 싶지 않다.

어느덧 나도 인생시계의 시침이 반을 넘긴 시기에 접어들었다. 오늘, 나의 장례식 장면을 눈 감고 상상해 본다. 향냄새가 코끝으로 스며드는 듯하더니 울컥, 미세한 슬픔이 눈물로 변해 뚝뚝 흘러내린다. 장례식장의 차가운 공기, 껴안고 흐느끼는 가족, 문득 한번도 느껴보지 못한 공허가 온몸을 감싸고돈다.

삶의 종점, 먼 것 같지만 언젠가는 내가 닿을 곳이다. 나는 지금, 나의 장례식을 바라보는 마음으로 국화원을 내려다보고 있다.

당신에게 말 걸기

나가쓰키 아마네의 소설 『머지않아 이별입니다』는 장례식장이 배경입니다. 주인공인 미소라는 죽은 영혼들의 기를 느낄 수 있고 볼 수 있는 특별한 능력이 있습니다. 그 능력으로 산 사람과 죽은 사람, 모두를 만족시키는 장례식을 준비합니다.

> "장례식은 돌아가신 분보다 남은 가족을 위한 의식 같네요."
> "그래. 아무리 가족이라도, 이 세상을 떠났다면 아무것도 해줄 수 없어. 이런 식으로 후회의 마음을 조금이라도 승화하는 수밖에 없지. 장례는 그런 자리이기도 해."
> 그런 건 생각해 본 적이 없었다. 당연히 돌아가신 분을 위한 자리라고 생각한 것이다.
>
> – 『머지않아 이별입니다』 중에서

웰다잉 Well-Dying, 인간의 존엄성을 지키며 후회 없는 삶의 이별을 계획할 때, 당신은 어떤 것을 준비하고 싶으신가요?

검은 갈매기의 삶을 반추하다

바다를 마주 대하면 마음은 쪽빛으로 물든다. 치열한 일상에서 만나는 내 감정은 뾰족한 선이 많아 마음이 무채색일 때가 잦다. 그러나 바닷가에서 망중한을 즐기면 첨예한 선들이 마모되어 그 틈으로 유채색이 입혀지는 것을 체감한다.

한흑구 수필집 복간 기념 릴레이 낭독회의 진행을 맡았던 탓일까. 행사를 마친 뒤, 한흑구 선생님이 거의 매일 걸었던 송도 해변이 보고 싶었다. 그런 연유로 지금 이 순간, 윤슬이 리드미컬하게 출렁이는 해수면을 바라보며, 시간을 초월해 선생님의 발자취에 내 발자국을 얹어 본다는 심정으로 모래밭을 거닐고 있다.

한흑구 수필집 『동해산문』의 「수필의 정신」이 떠오른다.

수필은 시의 정신으로 창작되어야 하며 내용은 철학적이어야 된다.

이 문장처럼 선생님의 작품은 시적이고 자연주의적 철학을 짙게 느낄 수 있는 것이 대부분이다. 출판사 대표와 편집자가 선생님의 책을 복간하지 않았다면, 결코 우리 앞에 '생생한 활자'로 존재할 수 없었을 것이다. 50여 년 만에 오늘날의 우리가 읽기 편하게 바꾸는 과정에서 편집자의 고민이 많았다고 들었다. 아무리 충실하게 문장을 표현한다고 해도 원작자가 고인이라는 점에서, 작품 편집이 작가가 의도한 대로가 맞는지 아닌지, 여쭤볼 수 없는 '불완전성'이 존재했기 때문이리라.

저 멀리 포항의 시조市鳥인 갈매기를 형상화한 송도 워터폴리를 발견한다. 선생님의 필명인 '흑구黑鷗'가 연상되며, 자연스레 필명의 유래가 생각난다. 한흑구 선생님은 일제강점기 때 105인 사건의 여파로 미국으로 망명한 아버님 한승곤 목사님을 따라 스무 살 때 미국으로 건너가셨다.

일본 요코하마항에서 대양환大洋丸을 타고 하와이로 가실 때였다. 검은 갈매기 한 마리가 무리에서 벗어나, 일주일이나 쉬지 않고 쫓아왔다고 했다. 조국을 잃어버리고 끝없이 방랑하는 선생님의 모습이 투영되었던 탓에 검은 갈매기를 뜻하는 흑구黑鷗를 필명으로 사용하셨단다. 철썩이는 파도소리가 예전의 파도소리가 아니듯, 흘러가는 구름도 예전의 구름이 아니련만, 내가 마치 반세기를 거슬러 올라가 선생님을 뵙고 이야기를 전해 듣는 듯 감상에 빠진다.

바다에 한참을 머무르며, 선생님의 교우 관계를 떠올려본다. 유치환,

서정주, 조지훈 등과 교유하셨고 죽마고우 안익태와의 우정도 남다르셨다. 선생님께서 미국 필라델피아에 있는 템플대학교 신문학과에서 공부하실 때였다. 영어에 서툴렀던 안익태를 템플대학교 기악과에 입학할 수 있도록 힘쓰고 헌신적으로 뒷바라지하셨다.

나는 선생님께서 진실하게 사람들과 어울리셨다는 느낌을 받는다. 그러면서 문득 다자이 오사무를 연상한다. 무라카미 하루키가 가장 존경한다고 하는 『인간 실격』을 쓴 일본의 유명한 작가다. 그는 선생님과 같은 해인 1909년에 태어났다. 데카당스 문학의 대표 작가라 불리는 그는 1948년 39살의 나이로 다섯 번의 자살 시도 끝에 생을 마감했다.

선생님은 1948년 39살에 포항에 와서 지역 문화예술의 근간을 만드셨다. 이렇듯 두 작가의 삶을 비교해 봤을 때 나는 안타깝다. 주변에 문우들이 넘쳐났던 선생님처럼 한 명이라도 마음을 터놓을 수 있는 사람이 있었다면 다자이 오사무의 삶은 어떠했을까.

내가 일제강점기를 겪었다면 어떤 눈으로 세상을 바라보았을 것인가. 아마 부정적인 시각을 간직한 채, 앞날에 대한 긍정적인 기대를 품지 못한 채, 생활했을 것이다. 그런데도 선생님께서는 순수한 영혼을 지니셨던 것 같다. 아마도 삶의 밑바탕에 문학이 존재했기 때문이리라. "나는 늘 모래밭에, 또는 바다 물결 위에 시를 써보았다."는 선생님의 말씀은 어느덧 내 가슴에 공명된다.

모래밭에 시심詩心과 수필을 써 놓고 무심히 고개를 든다. 단 한 줄의 친일 문장도 쓰지 않으셨던, 한흑구 선생님의 화신일까. 어느 결에 나타났는지 갈매기 한 마리가 바다 위로 힘차게 비상하고 있다.

당신에게 말 걸기

니코스 카잔차키스의 『그리스인 조르바』를 읽고 나면, '자유'라는 낱말이 떠오릅니다. 주인공인 '나'가 크레타 섬으로 가기 위해 배를 기다리다가, 자유인 조르바를 만납니다.
조르바는 니체가 말했던 위버멘쉬(초인)가 구현된 인물입니다. 니체는 규범이나 책임에 얽매이지 않는 초이성적인 존재는 순진무구한 어린이라고 했습니다. 작가는 조르바를 초인으로 묘사했습니다.
조르바는 과거와 미래가 아닌, 현재의 순간을 사랑하는 사람입니다. '카르페 디엠(현재에 충실하라)'을 가장 잘 표현하는 조르바의 삶을 주인공 '나'는 어느 순간부터 닮아가려고 노력합니다.
실제로도 카잔차키스는 실존인물이었던 조르바에게 영향을 받았습니다. 작가가 궁극적으로 추구했던 가치인 '메토이소노(거룩하게 되기)'의 자유를 어쩌면 조르바에게서 발견했을지도 모릅니다.
당신은 어떨 때 자유를 가장 만끽하시나요?

엿기름으로 빚은 내 마음의 모유

식혜를 만들기 위해 무명 자루를 꺼냈다. 엿기름을 흘리지 않도록 조심하면서 자루에 넣은 다음, 주둥이를 꽉 조여 맸다. 따뜻한 물에 담가 조물조물 만져 보니 감촉이 좋았다. 엄마젖을 만지는 아이처럼 만지고 또 만졌다. 젖을 짜듯 조심스럽게 짜보기도 했다. 우러나온 물이 뽀얀 젖빛이었다.

나는 아기를 낳으면 젖을 꼭 물리고 싶었다. 아이를 보듬어 안고 눈을 맞추는 엄마의 모습, 실컷 먹고 활짝 웃는 아기의 얼굴, 얼마나 행복할까 기대했다. 젖 내음을 찾아 오물거리는 입술, 꿀꺽꿀꺽 맛있게 젖을 넘기는 소리…. 작은 몸짓조차 흘려버리지 않으려면 엄마와 아기가 교감해야 된다고 믿었다. 그 첫걸음이 모유를 먹이는 것이라고 생각했다.

모유를 먹인다는 게 생각만큼 쉽지 않았다. 첫아이를 낳고 산후조리원에서 몸조리를 했다. 이제 막 개업한 곳이라 시행착오가 많았다. 우선 음식이 내 입에 맞지 않았다. 산모가 잘 먹어야 젖이 많이 나온다고 했지만 미역국이 너무 짜서 먹기 힘들었다. 아이를 위해 먹어야지, 다짐했다. 그러나 막상 수저를 들면 깨죽거리기 일쑤였다.

주방 아주머니는 오후 6시면 퇴근해야 된다고 서둘러 저녁밥을 먹으라고 재촉했다. '친딸 산후 뒷바라지 해주는 마음으로 신경을 써 주세요.'라고 말하고 싶었지만, 밥알들과 함께 삼켰다. 출산 직후의 갓난아기 엄마는 왠지 마음을 넓게 써야 하고, 말과 행동을 곱게 해야 될 것 같았다. 그래야만 내 아이에게 덕으로 돌아갈 것이라 믿었다.

한번은 젖병을 제대로 소독하지 않아 몇몇 아기들이 구내염에 걸렸다. 이래저래 마음이 편하지 않았지만 그것마저 참았다. 잘 먹고 충분히 쉬어야 젖이 잘 나온다는데, 그렇지 못해서였는지 초유마저 나오지 않았다. 아이가 배고파 보채는 게 안타까워 결국 분유를 먹였다.

조리원에 있던 여덟 명의 산모 중에 나만 모유를 먹이지 못했다. 첫 출산이라 내가 유독 예민했는지, 아니면 체질인지, 모유를 먹이는 엄마들이 무척 부러웠다. 실컷 먹이고도 남아 우윳병에 젖을 짜 놓는 이가 있는가 하면 젖이 흘러 속옷을 자주 갈아입으려니 귀찮다는 이도 있었다. 그들을 보면 속상했다. 겉으로는 표현하지 못하고 내 방으로 돌아와 손등으로 눈물을 훔치곤 했다.

때때로 나 자신에게 서운했다. 다른 엄마들의 모유 먹이는 모습은 왜 그리도 당당하고 쉬워 보였는지. 남들은 잘도 젖을 물리는데 나는 왜 내 아기에게 못해 줄까, 안타깝고 미안했다. 모유를 먹이지 못하는 이유가 자식 사랑이 부족한 탓인 것 같아 자꾸만 스스로를 괴롭혔다.

미안함 때문일까? 엿기름을 물에 담가 우리다 보면 젖먹이를 둔 엄마처럼 가슴이 찌르르해진다. 뽀얀 엿기름물이 마치 모유처럼 보인다. 그래서인지 엿기름물을 받아 식혜를 만들어 내 아이에게 먹이는 일이 즐겁다. 엄마젖을 먹이는 것 같은 기분이 든다.

처음 식혜를 만든 것은 아이의 돌 무렵이었다. 어느 날 아이가 고열에 시달렸다. 마침 시어머님께서 전화를 하셨다. 아이에게 해열제를 먹여도 열이 잘 떨어지지 않는다고 말씀드렸다. 어머님은 나에게 식혜를 만들어 보라고 하셨다. 엿기름의 찬 성질이 몸속 열을 금방 떨어뜨린다며 만드는 법을 대강 알려 주셨다.

제대로 만들 수 있을까, 걱정스러웠다. 하지만 아이가 나을 수 있다는 말에 귀가 솔깃했다. 곧바로 엿기름을 사다가 어머님께서 일러주신 대로 해보았다. 아이가 빨리 낫기를 바라는 마음으로 정성을 다했다.

다음 날 아침, 밥솥을 열었다. 여섯 시간 정도 지나면 밥알이 서너 개 떠오른다고 했는데, 밥알과 함께 엿기름이 빼곡히 떠 있었다. 어머님께 전화를 걸었다.

"어머님, 밥알 아닌 것도 많이 떠있어요!"

"밥알 말고 떠있는 게 뭐꼬, 밥솥에 엿질금 물만 넣었제?"

"엿질금도 깨끗이 씻어서 같이 넣었는데요."

어머님의 커다란 웃음소리가 전화선을 타고 흘렀다. 아차, 싶었다. 나는 어머님의 설명을 잘못 이해한 것이었다. 깨끗이 씻은 엿기름을 버리기가 아까워 쌀 안치듯이 물과 함께 밥통에 넣었다. 그래도 곡진하게 삭을 줄 알았다.

결국 다시 식혜를 만들었다. 두 번째는 성공이었다. 그것을 먹고 아이의 열이 조금씩 내리기 시작했다. 나을 때가 되어서 그랬는지, 엄마의 서툰 솜씨가 안쓰러웠는지, 아무튼 나았으니 다행이었다. 그때 맛을 본 탓인지 아들은 음료 중에 식혜를 가장 좋아한다.

아이가 식혜를 좋아하니 자주 만든다. 자주 만드니 시장에 갈 때면 아예 엿기름을 서너 봉지 사다 놓는다. 아이에게 먹일 것이므로 엿기름을 사면서 꼼꼼히 따져본다. 어디에서 만들었는지, 제조일자는 최근인지. 요즈음은 봉지에 만든 사람의 얼굴 사진까지 박아 놓는 경우도 있다. 믿고 사라는 말일 테다.

예전에는 집집마다 엿기름을 직접 만들었다고 한다. 엿기름을 만들 때 싹을 내기 위해 시루에 보리를 넣고 물을 주어가며 길렀는데, 기른다고 해서 '기름'이라 불렀단다. 집집마다 만들었으니 장맛이 다르듯 엿기름에 따라 식혜 맛도 달랐으리라. 그래서 이왕이면 엿기름 봉지를 고를 때 손맛 좋게 보이고 연륜이 묻어나는, 할머니 사진이 찍힌 것으로 고른다. 식혜 맛을 좋게 하기 위한 내 나름의 묘책이다.

식혜가 알맞게 식었다. 단내가 은은하다. 아들이 연신 입술을 달싹인다. 엿기름으로 빚은 내 마음의 모유, 한 그릇 넘치게 퍼 담는다.

당신에게 말 걸기

스티븐 크보스키 감독의 영화 「원더」에 나오는 주인공 어기는 태어나면서부터 안면기형으로, 27번 성형수술을 했습니다. 어기는 10살이 되던 해에 가족들의 사랑과 응원으로 학교에 가게 되었어요. 남다른 외모로 상처받을 때가 많지만, 부모님의 끝없는 사랑으로 용기를 내어 계속 등교합니다.
어기의 명대사 중에 가장 기억에 남는 말이 있습니다.

누구나 한번쯤은 박수받을 자격이 있다.

우리가 이 세상을 살아가는 것 자체가 기적이기에, 개개인 모두 축복을 받아야 한다는 의미인 것 같아 저는 무척 감동했습니다.
당신의 삶 속에서 가장 감동적이었던 순간은 언제였나요?

염원을 새기는 이의 마음 깊이

간절히 기도하며 염원을 새기는 이의 마음 깊이는 어느 정도일까? 가늠하고 또 가늠하면서 암각화를 찾아 집을 나선다. 포항에는 암각화가 광범위하게 흩어져 있는데, 그중 칠포리 암각화가 우리나라에서 가장 넓게 분포되어 있다.

1985년에 처음 발견된 암각화는 기계면 인비리에 있다. 기북면 초입에 늘어선 고인돌 중 하나에서 확인되었는데, 고인돌 덮개돌의 남면에 석검과 화살촉 모양을 새긴 것이 3점 나왔다고 한다.

내가 오늘 찾아간 것은 1989년에 발견된 곤륜산 중턱 모래 암석에 새겨진 암각화다. 그림은 모양과 크기가 제각각이다. 석검 손잡이 모양의 검파형 암각화를 중심으로 장구 모양, 실패 모양, 알구멍, 돌화살촉 등속이 새겨져 있다. 암각화에 새겨진 물상들을 살펴보는데 낯선 방문객의 눈길을 의식했는지, 바위 품에 있던 그림들이 기지개를 켠다.

암각화는 오랜 세월 탓에 마모되었다. 하지만 존재 가치와 의미는 전혀 퇴색하지 않았기에, 내 경외감의 농도는 옅어지지 않았다. 자연이 만든 대상물 가운데 바위는 유독 변하지 않는 존재로 여겨져 예로부터 특별하게 생각되어 왔다.

사람의 불안정성과 왜소함을 바위의 영속성과 견고함에 비교했던 탓일까? 선사 시대 사람들은 다산과 풍요를 기원했던 마음을 각수刻手에게 곡진하게 전달했는지도 모른다. 기원의 마음을 담아내느라 햇빛과 달빛 아래에서 부지런히 일손을 놀렸을 바위새김이들의 모습이 겹쳐진다.

그들은 바위에 곱돌로 그리고, 나중에는 참돌 새김칼로 새겼을 것이다. 부족 사람들의 바람을 바위에 새기는 동시에 후손인 우리들에게 삶의 흔적들을 보여주고 싶었던 것은 아니었는지. 기원의 마음이 깊었던 탓에 세월의 흐름 속에서도 칠포리 암각화는 소멸되지 않고 가부좌를 틀고 앉아 조용히 묵언수행하고 있는 것 같다. 간절히 염원하고 신념을 새기는 조상들의 마음이 온전히 전해진다.

할아버지도 새김이였다. 그들은 바위에 새겼지만, 할아버지는 옹기에 문양을 새겼다. 가마 앞에서 노심초사하던 할아버지의 어깨와 등을 보면 안쓰러울 때가 많았다. 하지만 흙을 빚어 말린 물그릇에 건아작업을 거쳐 바짝 말린 다음, 가마에 넣어 구워내기를 반복하는 열정에는 존경심이 일었다.

옹기를 만들 때 문양은 동물문과 화초문을 새겼다. 할아버지는 옹기를 사용하는 이들의 장수, 다산, 부를 기원했다. 옹기에 새와 나비를 그리고 연꽃과 모란을 그릴 때 할아버지의 손등에서는 푸른 힘줄이 튀어 올랐다. 조각칼을 잡은 손은 떨리면 안 된다. 마음을 다잡고 집중하는 모습에서 작품에 대한 의지가 엿보였다. 여러 형상을 표현하는 문양마다 할아버지의 눈물과 땀이 젖어 있었다. 혼신의 힘을 다하는 마음이 내 가슴에 무수한 언어로 전해졌다.

앞만 보고 달려가는 현실 속에서 과거를 반추하는 것은 온고지신 때문이다. 간절히 기도하며 마음을 새겼던 선사 시대 조상들의 정신이 한 치의 오차도 없이 후손들에게 전해졌기에, 우리의 새김 기술은 삼국 시대, 고려 시대, 조선 시대를 거쳐 오늘날 세계 최고의 기량을 뽐내는 수준이 되었다.

칠포리 암각화는 예술혼이 깃든 문화재다. 바위새김이들은 온갖 시련과 고난이 찾아와도 암각화에 기원의 말을 새기는 일을 포기하지 않았을 것이다. 그런 연유로 간절한 염원의 말은 소멸되지 않고, 암각화라는 예술을 피워 올렸다. 문화재는 가슴 깊숙한 곳에서 민족 구성원들을 서로 연결시키고 지탱해 주는 버팀목이다. 나 또한 바위에 새겨진 조상의 숨결과 아포리즘을 온몸으로 느끼며 후손들에게 고스란히 전해 주어야 된다는 책임감을 느낀다.

간절히 염원하고 신념을 새기는 이의 마음은 필연적으로 전해지리라. 가만히 귀 기울이고 있으니 조상들의 이야기 소리가 들리는 듯하다. 소중한 그들의 염원을 바위 품에서 내 가슴으로 옮겨와 연신 쟁여 본다.

당신에게 말 걸기

피아니스트 임윤찬은 18살 때인 2022년 미국 반 클라이번 국제 콩쿠르에서 역사상 최연소로 우승했습니다. 준결승에서는 테크닉적으로 어렵다고 정평이 난 리스트의 초절기교 연습곡 전곡을 연주했으며, 결승에서는 라흐마니노프의 피아노 협주곡 3번을 완벽하게 소화했다고 합니다.

임윤찬에 대한 유명한 일화가 전해집니다. 그가 리스트의 「단테 소나타」를 연주하기 위해서는 곡을 제대로 해석하고 이해해야만 했습니다. 그가 선택했던 방법은 단테의 『신곡』을 읽는 것이었습니다. 여러 출판사의 책을 읽어 전체를 외우다시피 했다고 합니다. 이 작품은 중세 이탈리아에서 쓰였기에 신학과 철학에 대한 배경지식이 있어야 의미 파악이 가능합니다.

당신이 열정을 쏟아부었던 취미는 어떤 것이 있을까요?

난로는 아직도 따뜻하다

바람비가 세차게 내리는 겨울 아침이다. 길거리는 온통 무채색으로 덮이고, 맵짠 바람은 거센 파도처럼 휘몰아쳐 건물 사이를 돌아다닌다. 문득 임인년 새해, 라는 낱말을 떠올리자 호미곶에 가고 싶었다. 호랑이는 꼬리의 힘으로 달리고 꼬리로 무리를 지휘한다고 들었다. 그래서 예전부터 호랑이 꼬리는 국운상승과 국태민안을 상징한다고 하니, 좋은 기운을 받고 싶어 작정하고 호미곶으로 향한다.

내가 마치 바람인 양 해맞이광장을 구석구석 돌아다니다가 기념품 가게에 들른다. 그곳에서 반가운 난로를 만난다. 바람맞은 차가운 손을 녹이는데 난로의 온기는 제격이다. 난로 위에는 주전자가 놓여 있다.

주인이 보리차를 따라 한 잔 권한다. 사람은 끊임없이 누군가와 연결

되려는 속성이 있다. 상대에게 상처받을 수도 있지만 마음을 나누는 사이에 모난 삶이 둥글어진다. 오늘 주인이 건넨 물 한 모금에 온정을 느낀다.

오래간만에 만난 난로 옆에 바투 다가가 앉는다. 쌀쌀한 바깥 날씨 때문인지 유난히 따뜻하다. 살아오면서 사람에게 정을 느끼는 순간이 많지만, 물건에게도 정을 느낄 때가 부지기수다. 나에게 난로는 추억과 정이 깃든 물건이다.

유년 시절, 우리 집은 골목길 어귀에서 구멍가게를 했다. 이정표도 없는 하늘길을 따라 매년 겨울은 어김없이 찾아왔다. 그러나 우리 동네의 진정한 겨울은 구멍가게에 난로를 설치해야 시작되었다. 난로는 모든 손님이 반겼는데, 그중에서도 단골 어르신들의 대환영을 받았다.

난로의 등장으로 가게는 이웃들과 소통할 수 있는 사랑방이 되었다. 서로의 안부를 묻고 이야기를 맞장구치는 사이에 감정 전도율은 높아져, 아픔은 희석되고 기쁨은 증폭되었다. 요즘 나는 아래윗집에 누가 사는지도 잘 모르고 이웃에게 소원했다. 그런 나에게 난로가 놓였던 풍경이 그리움으로 밀려온다.

동네 사랑방이 된 뒤부터, 가끔 난로 위에는 음식이 만들어졌다. 할머니들은 양은 냄비를 올려놓고 라면을 끓이기도 하고, 계란을 삶기도 했다. 아주머니들은 양철 도시락에 밥을 담아와 난로 위에 겹겹이 올려 두었다. 한참 수다를 떨다가 허기가 지면, 양푼에 밥을 부어 반찬과 섞어 즉석 비빔밥을 만들었다.

제법 다양한 재료의 비빔밥이 만들어졌다. 이웃들이 가져온 김치나 멸

치조림, 콩자반 등속 각자 다른 반찬 덕분에 고추장과 참기름을 첨가하면 별미가 되었다. 아마 지인들과 주고받은 이야기와 웃음이 함께 버무려졌기에 밥맛이 두 배로 꿀맛이었을 것이다. 미처 도시락을 챙겨 오지 못한 이에게도 한술 뜨기를 권하며 사람살이의 정을 나누었다.

내 말을 경청해 주는 사람이 있다는 것은 살아가는 힘이 된다. 어머니는 가게에 사람들이 북적대는 것을 좋아했다. 시골 고향집을 떠나 아는 사람이라고는 하나도 없는 도시에 터를 잡고 생활했던 어머니는 인기척이 없으면 외롭다고 했다. 그런 이유로 난로는 어머니에게 위로가 되었다.

때때로 한가로운 오후에 어머니는 난로 옆에서 나에게 책을 보여 주었다. 나를 무릎에 앉혀 전래동화나 그림책을 자분자분 읽어 주기도 했는데 나는 그 시간이 좋았다. 어머니의 품을 온전히 내가 차지한다는 생각에 신이 났다.

지금 생각해 보니, 어머니는 나에게 평생 난로 같은 존재다. 살면서 걱정이 앞서거나 지칠 때 어머니에게 전화를 걸어 이런저런 이야기를 나누다 보면 근심의 경계가 희미해져 갔다. 요즘도 쇠약해진 노모의 내리사랑을 생각하면 서늘했던 마음이 항상 뜨뜻해진다.

난로를 통해 떠오른 어머니와의 추억에 선명한 밑줄을 그어본다. 표시선이 옅어지지 않도록 가끔 덧대어 밑줄 긋기를 해야지. 어머니의 자애의 온도가 항상성을 유지할 수 있게 자주 친정에도 들러야겠다.

난로는 아직도 따뜻하다.

당신에게 말 걸기

넓은 벌 동쪽 끝으로
옛이야기 지줄대는 실개천이 휘돌아 나가고,
얼룩백이 황소가
해설피 금빛 게으른 울음을 우는 곳,
그곳이 차마 꿈엔들 잊힐 리야.

– 정지용, 「향수」 중에서

정지용은 청록파 시인과 윤동주, 이상을 추천하여 등단시켰습니다. 그는 당시 존경받던 시인으로 특히 윤동주는 어릴 때부터 정지용을 동경했습니다. 평양 숭실중학교 재학 시절 『정지용 시집』을 사서 꼼꼼하게 메모하며 '동주 장서' 라는 글 도장까지 찍었지요. 윤동주의 마음이 다다랐을까요? 정지용은 윤동주의 유고 시집 『하늘과 바람과 별과 시』 서문을 쓰면서 깊은 탄식과 문학적 찬사를 담았습니다.
정지용은 일본 교토의 도시샤대학同志社大學 다닐 때 고향을 그리워하며 「향수」를 지었습니다. 윤동주는 현실 극복과 이상향에 대한 동경으로 '또 다른 고향' 을 썼습니다.
당신은 '고향' 이라는 낱말을 떠올리면 어떤 이미지가 생생하게 떠오르나요?

도서출판 득수

사계

1판 1쇄 2023년 10월 31일

지은이 **정미영**
펴낸이 **김 강**
편집 **채 윤**
디자인 **제일커뮤니티** 054 • 282 • 6852
인쇄 · 제책 **천우원색인쇄사**
펴낸 곳 **도서출판 득수**
출판등록 2022년 4월 8일 제2022-000005호
주소 경북 포항시 북구 장량로 174번길 6-15 1층
전자우편 2022dsbook@naver.com
ISBN 979-11-983924-2-8

값 17,000원